经典文化与本草食养全民读本

鉴古诗 品药膳

丛书主编／陈永灿
编　　著／王恒苍　吴　培
丛书编委／（按姓氏笔画排序）
马凤岐　王恒苍
白　钰　任　莉
许　琳　杨益萍
吴　培　吴娟娟
张旻轶　陈金旭
范天田　郭　颖

上海科学技术出版社

图书在版编目(CIP)数据

鉴古诗　品药膳 / 王恒苍，吴培编著. —上海：上海科学技术出版社，2019.8 (2025.8重印)

（经典文化与本草食养全民读本 / 陈永灿主编）

ISBN 978-7-5478-4386-4

Ⅰ.①鉴…　Ⅱ.①王…②吴…　Ⅲ.①古典诗歌－鉴赏－中国②食物养生－药膳　Ⅳ.①I207.2②R247.1

中国版本图书馆 CIP 数据核字(2019)第 072579 号

鉴古诗　品药膳

编著　王恒苍　吴　培

上海世纪出版(集团)有限公司
上 海 科 学 技 术 出 版 社　出版、发行

(上海市闵行区号景路159弄A座9F-10F)

邮政编码 201101　www.sstp.cn

河北晔盛亚印刷有限公司印刷

开本 890×1240　1/32　印张 4

字数：90 千字

2019 年 8 月第 1 版　2025 年 8 月第 2 次印刷

ISBN 978-7-5478-4386-4/R·1812

定价：45.00 元

前言

中医药学是我国传统的医学科学，也是中华经典文化的组成部分。习近平同志指出："中医药学凝聚着深邃的哲学智慧和中华民族几千年的健康养生理念及其实践经验，是中国古代科学的瑰宝，也是打开中华文明宝库的钥匙。"我们要借古鉴今，守正出新，使中医药健康养生文化与现代社会生产生活相协调，将其以人们喜闻乐见、易于接受、广泛参与的形式，转化为人民群众的健康行为和生活方式。推动中医药健康养生文化的创造性转化、创新性发展，重在实践和养成相结合，达到外化中医健康养生理念于行、内化中华优秀文化价值于心的效果。

自古以来，中国人对于美食就有一种特殊情怀，如宋代大文豪苏东坡写下了诸如"雪沫乳花浮午盏，蓼茸蒿笋试春盘。人间有味是清欢"等称赞美食的千古名词。如何能够使美食与健康两相兼得呢？食养本草的出现给美食带来了一次华丽的蜕变，如苏东坡寻得"茯苓饼"的配方并制作食之："茯苓去皮，捣罗，入少白蜜，为麨，杂胡麻食之，甚美。如此服食已多日，气力不衰，而痔渐退。"既饱了口腹之欲，又能够益气力，退痔疾。又如元代饮膳太医忽思慧"于本草内选无毒、无相反、可久食补益药物，与饮食相宜，调和五味。及每日所造珍品，御膳必须精制"，使得本草膳食登上大雅之堂，专供皇家食用。而现在，随着人们生活水平的不断提高，人们对美好生活的需求越来越高，期望吃得有品位、吃得更健康，本草膳食便可以满足人们的这种需求。

中医药学十分重视饮食调养与健康长寿的关系，唐代著名医学家孙思邈十分重视食养食疗，他在《备急千金要方》里写道："食能排邪而安藏府，悦神爽志以资血气。若能用食平疴，释情遣疾者，可谓良工。"清代著名养生家曹廷栋言"以方药治已病，不若以起居饮食调摄于未病"。运用食物与本草药物配伍制成膳食，可以达到养生保健、祛病延年的目的。这些膳食将食养本草融入其中，便具有中医简、便、廉、验的特色，还具备食品色、香、味、形的特点，它没有想象中药物的苦涩与克戕，只有独一份的清香与滋补，既增进人体健康，又令人回味无穷。

《经典文化与本草食养全民读本》中所选食养本草基本来自国家卫生部门认可的"按照传统既是食品又是中药材"的药食两用中药，根据其不同的特性，选取作为药膳、药茶、药酒、药粥、药点、补汤中的主药，形成六大类食养本草系列，分为六个分册，每册选取50种常用食养本草。通过挖掘本草书籍中有关食养本草的记载及古代先贤养生保健实践经验等，追本溯源，传承发展，充分展示食养本草的传统养生防病精华。

本书目录仿照《本草纲目》的编次方式，分为草部、花部、果部、菜部等类别。书中每一种食养本草均以古代诗文为引，鉴赏诗词，体悟食养本草形意之美；其次进行中医养生功效解读；最后介绍本草膳食的制作方法。希望大家在学习中医食养知识，更好更快地掌握本草食养方法的同时，接受中华经典文化的熏陶，在鉴赏古诗中认识本草，在品味药膳中实践养生，既可以享受健康快乐，又能够提升生活品质。需要特别指出的是，书中的本草食养膳品是食品而不是药品，它们对颐养健身有积极作用，但不能替代药品治疗疾病。

本书由浙江省立同德医院、浙江省中医药研究院陈永灿名老中医专家传承工作室团队通力合作，编著而成。书中所收载的本草、食材均为寻常之品，容易置备，方便操作，所展示的药膳、药茶、药酒、药粥、药点、补汤图片也是团队成员自己拍摄的原创作品（除署名外），力求切合实用，开卷有益。“纸上得来终觉浅，绝知此事要躬行”，我们将继续做中医药知识普及和中医药文化传播的践行者，把中医药健康送进更多家庭，造福更广人群。

陈永灿

2019 年 2 月 19 日

于杭州西子湖畔

编辑推荐

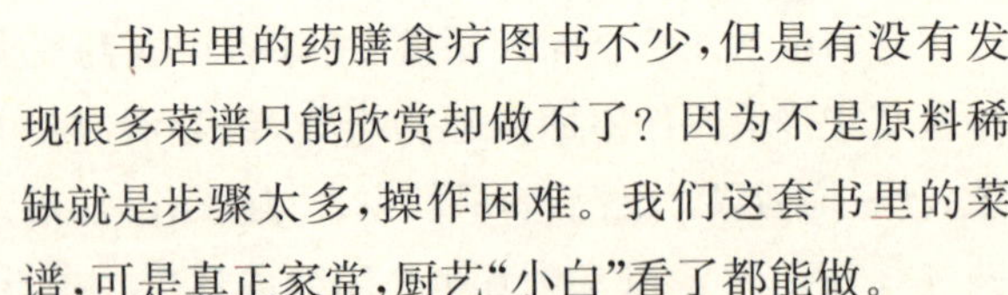

书店里的药膳食疗图书不少，但是有没有发现很多菜谱只能欣赏却做不了？因为不是原料稀缺就是步骤太多，操作困难。我们这套书里的菜谱，可是真正家常，厨艺“小白”看了都能做。

何以见得？仔细看书里的美食插图，不少是带括号的，标注了制作者的名字，那些都是读者的作品。在这套书的编辑加工阶段，我们就在“家庭真验方”微信公众号读者群里开展了本草食养美食大赛活动，很多读者通过竞争拿到了还没有付印的菜谱，做出了符合标准的药膳，先尝为快。因为读者来自五湖四海，食材来源五花八门，我们还特别标注了他们的地域。比如，新加坡读者做的薄荷鸡丝，说是自家花园里采的薄荷，其叶片巨大肥厚，我们这里可真没见过。

“家庭真验方”是上海科学技术出版社旗下的一个中医科普品牌，看名字就知道，她倡导“家庭、真实”，本草食养系列走进家庭、人人可做，将造福更多的大众。《鉴古诗　品药膳》是这套丛书的第一本，后面还有更多精彩图书，读者群会有更多有趣活动，因图书版面有限而无法全部呈现的本草食养美食们，也会在读者群里分享。

赶快加入我们的读者群吧！一起来亲身体验、分享中医药文化的硕果。

家庭真验方

目录

草部

黄芪 2

闲居不可忘 2

黄芪蒸鸡 3　黄芪白菜 3

人参 4

草擅嘉名草亦灵 4

鲜参炒虾球 5　参粉炖精肉 5

桔梗 6

迸瓦明珠正相逐 6

桔梗凉拌菜 7　桔梗炖白肺 7

黄精 8

九蒸换凡骨 8

黄精肘子 9　黄精蒸鸡 9

玉竹 10

摘兰藉芳月 10

玉竹百合西芹 11　玉竹核桃鱼肚 11

肉苁蓉 12

调作肥羊羹甚美 12

苁蓉仔鸡 13　苁蓉大虾 13

天麻 14

闻道天麻能肉骨 14

天麻蒸鸡蛋 15　天麻氽鱼片 15

当归 16

故人今又寄当归 16

当归炖乳鸽 17　当归虫草鸭 17

白芷 18

菲菲白芷香 18

芷香乳鸽 19　白芷羊肉 19

高良姜 20

蛮姜豆蔻相思味 20

良姜焖鸡 21　良姜肘子 21

藿香 22
红点冰盘藿叶鱼 22
藿香炒鸡蛋 23
藿香白鲢鱼 23
薄荷 24
风枝露叶弄秋妍 24
薄荷鸡丝 25
薄荷鱼卷 25
紫苏 26
苔纹深碧毯 26
凉拌紫苏叶 27
紫苏炒田螺 27
芦根 28
滩浪聚芦根 28
芦根煮兔肉 29
芦根炒藕片 29
覆盆子 30
蓬蘽应同仙客采 30
覆盆子酱鸭 31
覆盆子煲猪肚 31
葛根 32
去年不雨食葛苦 32
清炒葛粉 33
葛粉炒肉 33
昆布 34
忍将昆布作衣裳 34
昆布焖萝卜 35
昆布拌三丝 35

花部

菊花 38
采撷细琐升中堂 38
菊花鸡丝 39
菊花三丝 39
玫瑰花 40
粉蛾匀睡脸 40
玫瑰五花肉 41
玫瑰金豆腐 41

槐花 42
争开金蕊向关河 42
槐花炒鸡蛋 43
槐花炒里脊 43
金银花 44
黄银瑞出云 44
双花高汤鲤鱼煲 45
金银白菜猪肉片 45

谷部

黑芝麻 48
傍枝延扶疏 48
黑芝麻拌菠菜 49
黑芝麻烧小排 49
淡豆豉 50
紫豉煮莼甘更新 50
豆豉炒苦瓜 51
豆豉蒸排骨 51

果部

杏仁 54
射穿杨叶一翎风 54
杏仁菠菜 55
杏仁炒蛋 55
木瓜 56
呼楙能缓筋 56
木瓜咕噜肉 57
木瓜什锦饭 57

大枣 58

敢期佳句报琅玕 58

拔丝大红枣 59

红枣糯米藕 59

山楂 60

山楂红小腻樱桃 60

山楂肉片 61

山楂仔排 61

陈皮 62

寒月冲帘薄 62

陈皮酥鸡 63

陈皮鸽松 63

佛手 64

香分肉麝脐 64

佛手炒肉 65

佛手炒芹菜 65

银杏 66

玉纤雪腕白相照 66

银杏鸭 67

银杏蛋 67

桂圆 68

香剖蜜脾知韵胜 68

桂圆烧羊腩 69

桂圆蒸牛蒡 69

余甘子 70

霜后明珠颗颗 70

余甘子猪肉煲 71

余甘子炖海螺 71

花椒 72

涂壁香凝汉殿中 72

花椒麻香鸡 73

花椒炒鸡蛋 73

荷叶 74

鸳鸯密语同倾盖 74

荷叶煮兔丁 75

荷叶粉蒸肉 75

木部

肉桂 78
细酌敢谋长袖舞 78
肉桂焖牛肉 79
肉桂粉蒸肉 79
丁香 80
庶近幽人占 80
丁香鸭子 81
丁香炖梨 81
山茱萸 82
芳排红结小 82
萸肉炒田蔬 83
萸肉炖猪肝 83
枸杞子 84
椿岁小无穷 84
枸杞子黄芪手撕鸡 85
枸杞子菠菜松花蛋 85

菜部

薤白 88
铃阁宴盘留薤白 88
薤白煎鸡蛋 89
薤白爆明虾 89
芫荽 90
一院桃花丛中住 90
芫荽炒牛肉 91
芫荽凉拌菜 91
小茴香 92
蝴蝶纷纷逐花老 92
茴香粉煎鸭胸 93
茴香苗炒肉丝 93
八角茴香 94
沉水烟初飏 94
八角凉拌菜 95
八角麻酥鸡 95
马齿苋 96
日高羹马齿 96
凉拌马齿苋 97
马齿苋炒鸡蛋 97
蒲公英 98
几品青香又滑腻 98
蒲公英拌蛋丝 99
蒲公英炒肉片 99

鱼腥草 100

却寻野蔌新矜夸 100

鱼腥草蒸母鸡 101

鱼腥草烧猪肺 101

山药 102

雪香酥腻老来便 102

山药炒蛋 103

山药焖肉 103

百合 104

赤龙雷爪摆朱旗 104

百合马蹄肉 105

百合炒西芹 105

灵芝 106

烂辉光兮发云霞 106

灵芝酱鸭腿 107

灵芝乌鸡煲 107

虫部

蜂蜜 110

庭空花片蜂蜜成 110

蜜汁叉烧 111

蜜汁凤爪 111

兽部

阿胶 114

莹彻如球琳 114

阿胶肋排 115

阿胶凤爪 115

草部

黄　芪

闲居不可忘

香火多相对，荤腥久不尝。
黄芪数匙粥，赤箭一瓯汤。
厚俸将何用，闲居不可忘。
明年官满后，拟买雪堆庄。
——唐·白居易《斋居》

这首诗讲的是诗人闲居之时常对香火，因斋戒而久不食荤腥之物，平日里常食用黄芪粥、赤箭（天麻）汤。诗人勉励自己闲居的时候不可以忘记自己是拿着国家的丰厚俸禄的，还要为国为民尽心尽力。等到明年退休了，想买下“雪堆庄”颐养天年。可见诗人写诗的时候是退休的前一年，服用黄芪粥是日常养生起居必备之事。年事已高者，可效仿之，常服黄芪粥或其他药膳，特别是素食者或者素食期间，更要注意营养的摄入。

黄芪，又名黄耆，明代医药学家李时珍解释得名缘由：“耆，长也。黄耆色黄，为补药之长，故名。今俗通作黄芪。”清代医家黄宫绣也说：“（黄耆）为补气诸药之最，是以有耆之称。”《本草正义》中记载：“黄芪，性温能升阳，补益中土，温养脾胃，凡中气不振、脾土虚弱、清气下陷者最宜。其效直达人之肤表肌肉，固护卫阳，充实表分，是其专长，所以表虚诸病，最为神剂。”就是说，黄芪具有温养脾胃、补气固表、利水退肿、托毒排脓等功效，特别适合体质虚弱的人食用。

现代药理实验研究证明，黄芪具有强心、抗心律失常、调节血压、增强机体免疫功能、保护肝脏、降低血清转氨酶、抗消化道溃疡、抗癌、抗菌及抑制病毒等多种药理作用。

黄芪蒸鸡

【材料】生黄芪片30克，母鸡600克，盐、黄酒、葱、姜、胡椒粉各适量。

【做法】①鸡宰杀后去毛、爪及内脏，洗净，入沸水锅内焯至皮伸，再用冷水冲洗净血沫，沥干。②黄芪浸泡2小时左右，洗净后塞入鸡腹内。葱洗净切段，姜洗净，切厚片。③将鸡放入容器内，加入葱节、姜片、黄酒、盐、清水，用绵纸封口，上屉蒸1.5～2小时，取出加入胡椒粉调味。

本药膳具有益气升阳、养血补虚的功效。适合脾虚食少、乏力、气虚自汗、易患感冒，血虚眩晕、四肢麻木，中气下陷之久泻、脱肛，病后体虚及营养不良的人群食用。

[黄芪蒸鸡]

黄芪白菜

【材料】生黄芪片30克，大白菜1棵，柳松菇60克，香菇6个，熟火腿丁、黄酒、酱油、香油、高汤、盐各适量。

【做法】①香菇洗净、泡软，捞出，放入碗中加入黄酒、酱油拌匀，移入内锅蒸至入味，取出，切成丁；柳松菇洗净，备用。②大白菜从靠近梗约1/3处切开，叶菜部分另作他用，取根梗部分划十字刀纹，梗心剪去少许叶菜，置于水龙头下轻轻剥开冲洗，勿使叶片与梗心分离，再倒过来沥干水分，备用。③锅中倒入黄芪及熟火腿丁、黄酒、高汤煮开，放入大白菜梗，加热水至盖过材料，煮至大白菜梗熟软，捞出，排入盘中；柳松菇放入汤中快速汆烫，捞出，插入白菜中央，撒上香菇丁、火腿丁，淋上少许汤汁即可。

本药膳具有益气补血、滋养脏腑的功效。适合气血虚弱、脾虚食少、气虚乏力、病后体虚的人群食用。

人　参

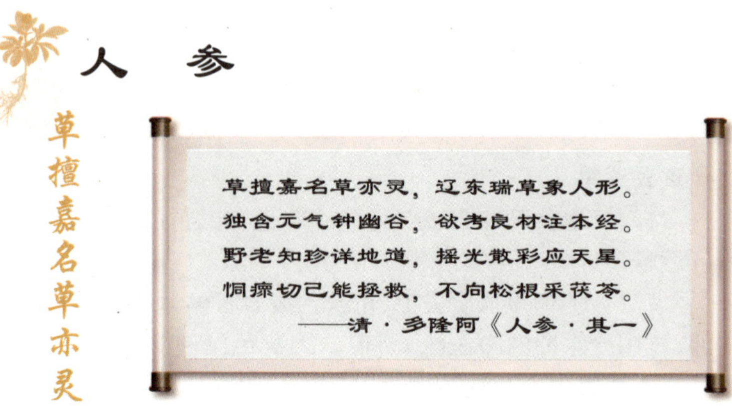

诗人因得人参而治愈疾病，故写此诗来赞美人参。他说：我认为如果一种草有个好名字，那这草肯定是有灵性的，辽东山林中就有种仙草长得像人的形状，它那小小的身体中含有浓浓的天地元气，却偏偏喜欢生长在幽深的山谷之中。想要得到这样比较优良的品种去注解《神农本草经》，却不可得。向当地村野的老人请教，才知道地道人参的珍贵，它的功参造化，就像是摇光星大放异彩辉映着天枢星一般。吃下人参，切身的病痛能够得到救治，有了它就不用再到松根下去采挖茯苓了。

人参是家喻户晓的珍贵滋补药材之一，因其状似人形而得名，具有大补元气、复脉固脱、补脾益肺、安神益智、生津止咳等神奇的功效，所以被古人称为“神草”。《医宗必读》中说“人参状类人形，功冠群草”，群草即为百草，功冠群草可谓“百草之王”。《神农本草经》将人参列为上品，记载其：“主补五脏，安精神，定魂魄，止惊悸，除邪气，明目，开心，益智，久服轻身延年。”就是说人参对人的五脏均有滋补的作用，还能够使人变得更聪明，提高智力，当然，最重要的就是其延年益寿的功效了。

鲜参炒虾球

【材料】新鲜人参60克，大明虾300克，西芹120克，盐、鸡精、白砂糖、蒜、姜、葱、料酒、胡椒粉、生粉、香油各适量。

【做法】①将人参洗净，热水浸泡3分钟捞出，切薄片；西芹洗净切成长段，备用；蒜剁成茸，姜切成片，葱切成小段，备用。②取出大明虾的虾仁，剔去虾线，用干生粉揉搓洗净，控干水分。然后将虾仁用盐、鸡精、生粉、香油、胡椒粉腌制15分钟。③将西芹段和鲜人参片用热水焯，捞出控去水分。炒锅烧热，倒入油，五成热时，倒入腌制好的虾仁，见虾仁卷成球状，约七成熟时，捞出，控油。④锅内加底油，入葱段、蒜茸、姜片，爆炒，接着倒入虾球，洒料酒，翻炒几下。然后倒入鲜人参片和西芹，迅速翻炒。最后，用盐、鸡精、白砂糖与生粉调和成的芡汁勾芡，出锅装盘即成。

本药膳具有补气生津、健脾益肺、安神益智的功效。适合体虚乏力、口干口渴、心烦失眠、咳嗽痰少、年老体衰的人群食用。

参粉炖精肉

［参粉炖精肉］

【材料】干人参15克，枸杞子30克，瘦猪肉300克，鸡蛋3个，黄酒、盐、胡椒粉、味精、湿淀粉各适量。

【做法】人参研成末，枸杞子洗净，备用；猪瘦肉切成丁，加入鸡蛋清、淀粉拌匀；将黄酒、精盐、胡椒粉、味精、湿淀粉、鲜汤放入碗内，兑成汁备用。锅内放入植物油，烧至四成热，将拌好的肉丁投入油中，略炸片刻，捞出沥尽油。另取一锅，放入少量植物油，烧至七成热，放入葱丝、生姜丝、蒜片爆香，然后放入炸好的肉丁，加入枸杞子、人参末翻炒，淋入兑好的汁，炒匀变浓即可。

本药膳具有补肾益精、健脾益气的功效。适合耳鸣、腰膝酸软、健忘、精神疲惫、动作迟缓的人群食用。

桔 梗

迸瓦明珠正相逐

愁云欲雪纷来族，微霰铮鏦先入竹。
舞空蛱蝶殊未下，迸瓦明珠正相逐。
仆夫无事困薪苏，乌乌不鸣依室屋。
肺病恶寒望劝酬，桔梗作汤良可沃。
——宋·晁补之《春雪监中即事二首一》

这首诗描写了诗人于初春之时在自己的府邸中看到的景象。春雪纷纷，小小的雪粒铿锵有力地落在竹林中，发出金属撞击似的声响。在天空中，雪粒如蝴蝶翻飞；在屋瓦上，雪粒溅起，颗颗似明珠，互相追逐。仆人无事，慵懒地在柴火垛子上睡去；鸟儿也不鸣叫，依偎在自己的巢中。而诗人自己患有肺病，虽盼望着朋友聚会觥筹交错的热闹，而此刻只有一杯桔梗汤用来滋养身体、慰藉心灵。最后一句是点睛之笔，没有这一句，无法了解诗人在这春雪中的心情，想来若是没有这桔梗汤，诗人怕是更加孤独与感伤。好在还有这桔梗汤，可以治疗这恶寒的肺病，给诗人康复后再与友人相聚喝酒的希望。

提到桔梗，让人想到了曾经很火的一部电视剧《大长今》，桔梗在这部剧里面是一味“明星”中药。在朝鲜语里，桔梗被称作“道拉基”，别名包袱花、铃铛花，被写进了朝鲜族的歌词里。我国的东北地区，也有将桔梗腌制成咸菜的习俗。桔梗辛散苦泄，擅长宣肺气、化脓痰浊，缓解胸部憋闷不适感，对于外感咳嗽痰多的情况非常适合，无论寒痰、热痰皆可应用。《名医别录》里记载，桔梗可以消食开胃、补养气血，对咽喉痛有很好的治疗作用。

现代医学研究表明，其主要活性成分是皂苷，桔梗有抗炎、镇咳、祛痰、抗溃疡、降血压、镇痛、解热、降血糖、抗过敏等广泛作用。

桔梗凉拌菜

【材料】干桔梗 180 克，白芝麻、辣椒油、醋、糖、蒜、盐、麻油适量。

【做法】干桔梗加水浸泡一夜，将泡发桔梗用刀拍烂（易入味），用清水冲洗两次，攥干水分。在桔梗中加入盐、糖、醋、蒜末、白芝麻，倒入辣椒油，搅拌均匀，用保鲜膜封好，静待 15 分钟稍入味即可。

本药膳具有宽胸下气、利咽消肿、祛痰镇咳的功效。适合咳嗽有痰、咽喉肿痛的人群食用，特别是用嗓过度者尤宜。咽喉肿痛者、用嗓过度者需注意酌减辛辣刺激调味品，以清淡为佳。

［桔梗凉拌菜］

桔梗炖白肺

【材料】桔梗 24 克，西洋参 12 克，地骨皮 15 克，杏仁 9 克，猪肺 1 个，姜 3 片，盐适量。

【做法】将猪肺洗净，备用。锅中加适量水，放入桔梗、西洋参、地骨皮、杏仁、猪肺，武火煮沸，改文火慢炖 3～4 小时，加盐少许即成。

本药膳具有补气虚、治久咳、化痰兼润肺的功效。适合气虚阴亏、咳喘、虚热烦倦、内热消渴、口燥喉干、潮热盗汗的人群食用。地骨皮可清肺降火；西洋参可补气养阴、清热生津；猪肺有止咳、补肺之功效；杏仁可止咳化痰。诸品同用，增强了补肺止咳的作用。

黄 精

九蒸换凡骨

灵药出西山，服食采其根。
九蒸换凡骨，经著上世言。
候火起中夜，馨香满南轩。
斋居感众灵，药术启妙门。
自怀物外心，岂与俗士论。
终期脱印绶，永与天壤存。
——唐·韦应物《饵黄精》

这首诗是描写诗人幻想在山野间采黄精、制黄精、食黄精的超然物外的生活。想象着，一位老翁，为了能够吃到九蒸九晒的黄精，先是去西山采挖，然后不眠不休地炮制，在关照火候时候，那浓浓的香气从锅中溢出，充满整个院子，沁人心脾。终于九制完成，黄精已由金黄变得黝黑发亮，无论从外貌和功效都已蜕却凡身，成就仙品。老翁在食用黄精的这些日子，眼前仿佛开启了另一扇奇妙的大门，怀着一颗超然物外的心，与那些庸俗的人一别两宽。但事实却是，官位在身，身不由己，只能希望早日辞官归乡，融入到黄精生存的那片山林里生活。

黄精又叫野山姜，乃滋补佳品，与人参、灵芝、茯神并称为“四大仙药”。《博物记》中记载，黄帝问天姥：天地所生，有食之令人不死者乎？天姥告诉黄帝：太阳之草名黄精，食之可以长生。所以黄精又有“太阳之草”之称，医药学家葛洪在《抱朴子·仙药》中亦讲过黄精“服之十年，乃可大得其益”，可见食用黄精对身体大有益处，虽不似长生不老那么夸张，但延年益寿总是可以的，古方黄精饼、黄精膏、黄精丸、黄精片等都是延缓衰老的传统药膳。中医学认为，黄精具有养阴润肺、补脾益气、滋肾填精的功效，尤其以补脾胃为最优，故黄精常被用于脾胃虚弱引起的食欲不振、面色萎黄、精神疲倦、少气无力等。诗中提到的九蒸九晒，是炮制黄精的一种方法，能够使黄精的补益之力更强。

黄精肘子

【材料】黄精 15 克，党参 9 克，猪肘 600 克，冰糖 120 克，大枣 15 个，盐、料酒、葱、姜各适量。

【做法】黄精、党参泡软，切片，装入纱布袋，扎口；大枣洗净，葱切段，姜切片。猪肘子刮洗干净，入沸水锅内焯去血水，捞出洗净。冰糖 50 克，在炒锅内炒成深黄色糖汁。将黄精、党参、大枣、葱、姜同放入砂锅中，加适量的清水及调料，置于旺火上烧沸，撇去浮沫，将冰糖汁、冰糖及大枣加入锅内，小火慢煨 2 小时，待肘子熟烂时，取出纱布袋，将肘、汤、大枣同时装入碗内即成。

本药膳具有补中益气、健脾开胃、润肺止咳的功效。适合脾胃虚弱、食欲不振、肺虚咳嗽、体虚乏力、自汗盗汗的人群食用。

［黄精肘子］

黄精蒸鸡

【材料】黄精 60 克，鸡 1 只，葱、姜、食盐、川椒、味精适量。

【做法】黄精洗净，泡软，切薄片；葱切断，姜切片。将鸡宰杀，去毛及内脏，洗净，剁成 3 厘米见方的块。放入沸水锅烫 3 分钟捞出，洗净血沫，装入汽锅内。加入黄精及葱、姜、食盐、川椒、味精；盖好汽锅盖，上笼蒸 3 小时即成。

本药膳具有益气补虚、健脾开胃的功效。适合食欲不振、体倦乏力、精神疲惫、智力下降的人群食用。

玉　竹

摘兰藉芳月

摘兰藉芳月，祓宴坐回汀。
泛滟清流满，葳蕤白芷生。
金弦挥赵瑟，玉指弄秦筝。
岩榭风光媚，郊园春树平。
烟花飞御道，罗绮照昆明。
日落红尘合，车马乱纵横。
——唐·陈子昂《于长史山池三日曲水宴》

这首诗描写的是诗人参加文人聚会的盛况。诗人在兰花盛开的好时节，坐在流水之畔，参加群贤毕至的曲水宴。溪流泛着潋滟的波光，岸旁生长着芳香的白芷和茂盛的玉竹（葳蕤）。宴会上有人鼓瑟，有人弹琴，好不热闹。石头搭建的水榭风光好，园子里的树木翠绿整齐。道旁有盛放的花朵，人们身上的绫罗绸缎明艳美丽。等到夕阳西下，大家都踏上归程，车马纷纷离去。虽然这首诗不是专门写玉竹的，但也可看出出现在曲水宴中的玉竹在文人的心目中与白芷这样的香草一样，有着别样的地位和悠远的审美情趣。

玉竹又名葳蕤。相传唐代有一个宫女，因不堪忍受皇帝的蹂躏逃出皇宫，躲入深山老林之中。无食充饥，便采玉竹为食，久而久之，身体轻盈如燕，皮肤光洁似玉。后来宫女与一猎人相遇，结庐深山，生儿育女，到60岁才与丈夫子女回到家乡。家乡父老见她依然是当年进宫时的青春容貌，惊叹不已。

古人称玉竹平补而润，兼有除风热之功，故能驻颜润肤，祛病延年。玉竹补而不腻，不寒不燥，能补益五脏、滋养气血，常服玉竹可抗衰老，延年益寿。其补益作用可与人参、黄芪相比。中医学认为玉竹具有养阴、润燥、除烦、止渴等功效，常常用于肺胃阴伤、燥热咳嗽、咽干口渴、内热消渴等。

现代医学研究表明，玉竹具有降血压、降血糖、降血脂的作用，并有一定的强心、抗氧化、抗衰老作用。

玉竹百合西芹

【材料】鲜玉竹30克，百合60克，西芹120克，枸杞子15克，盐、白糖、油适量。

【做法】将鲜玉竹洗净、去皮，切成菱形片，西芹切成条，百合去皮洗净，枸杞子用冷水泡30分钟备用。锅入底油烧热，放入西芹翻炒1分钟，加入盐、糖调味起锅，铺在盘底。锅中放入清油，烧热后加入鲜玉竹、百合、枸杞子，翻炒片刻，加入盐、味精、糖调味出锅，摆于西芹上。

本药膳具有养阴生津、除烦止渴的功效。适合糖尿病口渴、高血压、黄褐斑、小便淋浊、老年人久咳不愈等人群食用。

玉竹核桃鱼肚

【材料】鲜玉竹30克，鱼肚240克，核桃仁15克，洋葱120克，料酒、葱、姜、盐、鸡精、植物油各适量。

【做法】玉竹用水洗净，浸泡一夜，切成薄片；将鱼肚用温水浸泡3小时，洗净，切段；核桃仁用植物油炸香，备用；洋葱洗净，切成丝，姜切片，葱切段。将炒锅置武火上烧热，加入植物油，烧至六成热时，下葱、姜爆香，随即下入鱼肚、玉竹、核桃仁、洋葱、盐、鸡精、料酒，炒熟即成。

本药膳具有补气养阴、增益智慧、润肠通便的功效。适合气阴两虚、病后体弱、气血不足、记忆力差、便秘等的人群食用。

肉苁蓉

调作肥羊羹甚美

黑司命是肉苁蓉，未取河西那得逢。
调作肥羊羹甚美，遗来野马沥偏浓。
痿服阳事精能益，痛止阴门带不凶。
大至斤余宜酒洗，假充须识嫩稍松。

——清·赵瑾叔《本草诗》

这首诗描写了肉苁蓉的产地、功效、主治、炮制和鉴别伪品的要点。短短的一首诗，包含的信息量很大。诗人言及肉苁蓉又叫“黑司命”，生长于河西山谷中。传说肉苁蓉是野马精落地所生，生时似肉，可以作羊肉羹，甚是肥美。肉苁蓉可以治男子绝阳不兴、泄精、尿血、遗沥，可治女人绝阴不产、血崩、带下、阴疼等病症。肉苁蓉个头儿大的有一斤多重，要用酒洗浸泡后使用，嫩的及纹理疏松的质量不够好，选择时需要去辨识。

肉苁蓉又名大芸、金笋、黑司命等，有“沙漠人参”之称，历史上就曾被西域各地作为上贡朝廷的珍品。李时珍在《本草纲目》中解释肉苁蓉名字的由来时提到“此物补而不峻，故有从容之号。从容，和缓之貌”，就是说肉苁蓉甘而性温，咸而质润，具有补阳而不燥、补阴而不腻的特点，正因为它补性和缓，从容不迫，才有苁蓉（从容）之称，又因其鲜品有如肉质，故苁蓉前冠以“肉”字。中医学认为肉苁蓉有温肾壮阳、强身健骨、润肠通便的功效，对腰膝酸软、阳痿早泄、神经衰弱、女子不育、经血不调、肠燥便秘等有很好的疗效。《药性论》记载肉苁蓉具有“益髓，悦颜色，延年”的功效，可见肉苁蓉在益智、美容和养生方面也有很好的作用。

现代研究表明，肉苁蓉具有明显的增强性功能、提高机体免疫力、延缓衰老、保护肝肾、增加胃肠动力、通便等作用。

苁蓉仔鸡

【材料】肉苁蓉15克，仔鸡300克，枸杞子9克，姜、盐、鸡精、糖各适量。

【做法】将仔鸡洗净斩块，焯水，捞出冲净血沫；将枸杞子、肉苁蓉除去杂质，洗净浸泡，姜切片备用。取净锅上火，加入少量清水，将姜片、肉苁蓉、仔鸡块下锅，大火烧开后转小火炖30分钟，然后放入枸杞子，再炖10分钟即成。

本药膳具有温肾补阳、滋阴养血的功效。适合血虚劳损、倦怠乏力、头晕眼花、视物不清的人群食用。

[苁蓉大虾]

苁蓉大虾

【材料】大虾300克，肉苁蓉15克，葱、姜、料酒、盐各适量。

【做法】将肉苁蓉泡软切片，葱洗净切断，姜切片，备用。将大虾洗净，剪去虾须、虾脚，挑出沙包、沙线。锅内加清水，加入肉苁蓉大火煮开，然后转小火煮约20分钟。放入葱段、姜片、料酒、盐，下入大虾煮至熟透，捞出肉苁蓉、虾摆入盘内即成。

本药膳具有补肾助阳、益精养血、润肠通便的功效。适合肾虚阳痿、遗精早泄、腰膝酸软、肠燥便秘的人群食用。本药膳色泽美观，虾肉鲜嫩，咸鲜清爽，营养滋补。

天　麻

闻道天麻能肉骨

老僧卧病四告朔，苦无灵药与携扶。
闻道天麻能肉骨，襄阳耆旧见怜无。
——宋·饶节《寄襄阳求天麻圆》

这首诗是宋代诗僧以自己久病缠身，寄书求药的经历所写。诗人提到自己已经患病卧床四年多了，苦于缺少有效果的灵药帮助，让自己无法起身。听说天麻有“起死人，肉白骨”的神奇功效，给襄阳的年高望重的老朋友寄书信，希望他们还能够记得往日的情谊，怜惜一下自己这位老僧人，托人给寄一些天麻来治疗疾病。这首诗既写出了天麻的功效神奇，又写出了诗人对拥有健康身体的渴求。

天麻性味甘平，归肝经，不仅可以息风定惊、祛风除湿，还具有益气力、养肝肾、止眩晕、强筋骨的功效，李时珍更认为“补益上药，天麻为第一。世人只用之治风，良可惜也”。作为“补益第一药”，如果只是用其“息风止痉”之治风的功效，而忽视了其养生保健的作用，未免有些可惜了。

天麻性味平和，虚实皆宜，其首要的功效是保健养生。古人因其功效神奇，且不易得，便将其称作“神药”，有人赋诗曰：“深山天麻真是奇，神仙播种地下生，果实成熟见其踪，凡人无法能栽种。”由于它的生活习性和“无根无叶”的奇特形状，无叶则自身不能进行光合作用制造养分来养活自己，无根则自身不靠从土壤中吸收养分，长期以来人们把它的生长繁殖看得神乎其神。

现代研究表明，天麻的作用可被归结为“三抗、三镇、一补”，即抗癫痫、抗惊厥、抗风湿，镇静、镇痉、镇痛和补虚。

天麻蒸鸡蛋

【材料】天麻 6 克，鸡蛋 1 个。

【做法】先将天麻洗净，晾干，磨成细粉。取个头较大的鸡蛋，在鸡蛋一头开一小孔，灌入天麻粉，用浸湿的宣纸贴住鸡蛋上的小孔，将孔向上放入蒸笼内，把鸡蛋蒸熟，去壳食用鸡蛋和天麻粉即可。可以早晚各服食 1 次。

本药膳具有益气力、强筋骨、补虚损的功效。适合体虚乏力、腰膝酸软、脱肛、子宫脱垂的人群食用。

［天麻蒸鸡蛋/董亚丹·常州］

［天麻氽鱼片］

天麻氽鱼片

【材料】天麻 15 克，黑鱼 1 条(约 450 克)，豆苗 60 克，鸡蛋 240 克，高汤 750 毫升，盐、胡椒粉、生粉、黄酒、葱、姜各适量。

【做法】将黑鱼从背上入刀取下鱼肉，片成大薄片，用葱、姜、黄酒、盐腌渍入味。鸡蛋去蛋黄留蛋清，加入生粉打成蛋糊，放入腌好的鱼片抓匀。天麻用清水发透，切成薄片。锅内放入高汤烧开后，放入天麻片煮约 10 分钟，加盐、鸡粉、胡椒粉调口味，放入浆好的鱼片，小火炖至鱼肉熟后，撒入豆苗，稍焖一会儿，即可出锅。

本药膳具有平肝息风、开窍益智的功效。适合头晕、头痛、高血压、中风后遗症、老年痴呆的人群食用。

当 归

故人今又寄当归

声名少日畏人知，老去行藏与愿违。
山草旧曾呼远志，故人今又寄当归。
何人可觅安心法，有客来观杜德机。
却笑使君那得似，清江万顷白鸥飞。
——宋·辛弃疾《瑞鹧鸪·京口病中起，登连沧观偶成》

这首词是辛弃疾在连沧观(今江苏镇江一处景点)游览时所作，词以“老去行藏与愿违”总起，以下分别承以药名、故实，曲言其处境和心态。后写登观所见，以鸥飞为喻，表达归隐田园、自由自在之愿。词中山草即小草，与远志一药二名。药之根名“远志”，埋于土中为“处”，即谓隐居；药之叶名“小草”，长于土上为“出”，即谓出仕。其时风尚以隐居为高，称志尚高远。词人亦借以抒写“老去行藏与愿违”的处境和心态。当归亦药草名，语意双关，谓故人劝其归隐。《吴志·太史慈传》：“曹公闻其名，遗慈书，以箧封之；发省，无所道，但贮当归。”古人以当归喻归隐的诗句不胜枚举。

当归是人们最为熟知的中药之一，应用广泛，有“十方九归”之说。它不仅具有很好的药用价值，同时还有许多人喜欢将它入菜，制作成药膳，既能够满足口腹之欲，又起到了滋养身体的作用。李时珍在《本草纲目》中说：“古人娶妻为嗣续也，当归调血为女人要药，为思夫之意，故有当归之名。”解释了当归的作用和名字的含义。中医学认为，当归具有补血活血、调经止痛、润肠通便的功效，最适合于女性食用。

现代研究表明，当归挥发油中含有维生素 B_{12} 和铁、锌等多种微量元素，能够促进造血系统功能、抗贫血、增强免疫功能等。

当归炖乳鸽

【材料】当归 30 克，乳鸽 1 只，党参 30 克，姜、葱、盐、胡椒粉、料酒各适量。

【做法】将乳鸽宰杀后，去毛、内脏及爪；党参洗净，浸透，切段；当归洗净，浸透，切片；姜切片，葱切段。制备好上述材料后，同放炖锅内，加清水 900 毫升，置武火上烧沸，再用文火炖 30 分钟，收汁，加入盐、味精、胡椒粉，搅匀即成。

本药膳具有补气健脾、养血活血、补虚养颜的功效。适合气血两虚、失眠多梦、皮肤干燥的人群食用。

［当归虫草鸭］

当归虫草鸭

【材料】当归 30 克，北虫草 15 克，老鸭 1 只，猪骨 500 克，生姜、葱头、精盐、料酒适量。

【做法】先将猪骨洗净，炖汤备用；老鸭宰杀后去毛及内脏，用清水洗净，北虫草用清水浸泡 15 分钟，当归切片；锅内加清水适量煮沸后，将鸭放入锅内氽 3 分钟，捞出来用凉水洗净，将虫草、当归、生姜、葱头和其他调料一同纳入鸭腹内，入蒸碗内，加猪骨汤 1000 毫升、料酒，用碗盖封严，上笼大火蒸 3 小时，即可食用。

本药膳具有有益气血、补虚羸之功效。适合有乏力、阳痿、遗精、月经不调、经行腹痛等症状的人群食用，也是慢性支气管炎及病后体弱者的常用食疗方剂，四季皆可用。

白　芷

菲菲白芷香

秋色忽已改，旅程殊未央。
水云含变态，山雨送凄凉。
杳杳青枫暮，菲菲白芷香。
多才悲宋屈，摇落近沧浪。
——宋·刘敞《始秋二首·其二》

这首诗写出了诗人漂泊旅途，不知归处，又遇秋天的悲凉之景。一个阴霾落雨的午后，身边的景物随着秋天的深入而变得大不相同了，然而旅途却仍然没有到达终点，甚至不知归处在哪里。天上的乌云变换着不同的形态，山间的雨水更是带着那浓浓的凄凉之感扑面而来。不远处苍翠的枫树昏昏暗暗，而生长着茂盛白芷的山脚下，花瓣被雨水打落，但仍能闻到白芷的香味，这或许是唯一可以疏解苦闷心情的味道吧。此情此景，让人想起多才的诗人屈原和宋玉悲惨的命运，黯然神伤，他们如同这白芷花落在雨中，生命凋零在了那滚滚的江水中。

白芷是一种传统的药食两用中药，可以用于治疗感冒和鼻炎，对于牙痛和头痛也有一定疗效。白芷还可以祛湿、生肌和活血，但它最为人津津乐道的却是美容效用，《神农本草经》中便有白芷“长肌肤，润泽”的记载。白芷还是妇女最喜欢的中药之一，很多妇科病都可以求助于白芷，如妇女的白带异常、面部雀斑等。此外，白芷还可以作为佐料加入各种药膳中，吃出美味。

现代药理研究证明，白芷主要含香豆素及其衍生物，如当归素、白当归醚等，还含有挥发油。具有美白祛斑、抗炎、解热镇痛、解痉、抗癌、抗辐射、抗光敏及调节心血管系统功能等作用。

芷香乳鸽

【材料】乳鸽 2 只，白芷 9 克，川芎 6 克，枸杞子 6 克，姜 3 片，盐、料酒、黄糖、酱油各适量。

【做法】将乳鸽洗干净，切块，用料酒在锅里稍微翻炒一下，加入清水，没过鸽肉；将白芷、川芎、枸杞子、姜加入，大火将水煮开，再加入盐、糖和酱油，再放点料酒。然后转慢火焖煮半个小时，等到鸽肉已上色，就可以大火收汁，然后关火即成。

本药膳具有滋肾益气、养血祛风的功效。适合身体虚弱、女性血虚、经闭等人群食用。嫩嫩的鸽子肉，飘着一股白芷的香气，点缀红红的枸杞子，色香味俱全，岂不美哉。

【白芷羊肉】

白芷羊肉

【材料】白芷 18 克，白羊肉 480 克，白萝卜 180 克，料酒、姜、盐、胡椒粉、葱、味精各适量。

【做法】先将白芷用清水浸泡一晚，切成薄片备用；姜切片，葱切段，羊肉洗净，切成块，用姜、葱、料酒腌一会儿；白萝卜切成块。将羊肉、白芷、白萝卜、姜、葱、料酒同放炖锅内，加水 2 400 毫升，大火烧开，再用小火炖煮 35 分钟，加入盐、味精，撒上胡椒粉调好味即成。

本药膳具有温中散寒、益气补虚的功效。适合气血虚弱、虚寒体质的人群食用。

高良姜

蛮姜豆蔻相思味

蛮姜豆蔻相思味。算却在、春风舌底。
江清爱与消残醉。悴憔文园病起。
停嘶骑、歌眉送意。记晓色、东城梦里。
紫檀晕浅香波细。肠断垂杨小市。

——宋·吴文英《杏花天·咏汤》

这首词的上片描写汤中调料及汤的作用，下片重在赞美售卖香汤的市场。将高良姜（蛮姜）、豆蔻这两种调料放入汤中，使汤变得更为鲜香辛辣，令人垂涎，品尝此汤后，舌底如沐春风，令人久久不忘，回味无穷。这汤清冽诱人，最能消解酒后的残醉。年老多病的词人闻到这汤香，自觉病情稍减，竟能起床来，想一尝鲜味。汤香四溢，行人驻马留步，眉梢含陶醉之意，都希望能尝尝这美味的香汤。而出售这种香汤的地方，记得就在东城，每天凌晨摆设的小市中。寻香而去，看到那紫檀色的香汤，不断地在锅中翻滚，就在数株垂杨下的小摊上不断散发出令人垂涎欲滴、断肠挂肚的香味来。

高良姜出产于古代的“高凉郡”（今广东惠州一带），外形又和生姜很相像，当地的老百姓将其命名为“高凉姜”，后因谐音而讹称为“高良姜”，其味道没有生姜那么辛辣，既可当食材也可药用。元代忽思慧的《饮膳正要》是一部介绍宫廷御膳房菜品的书，其中就载有“良姜，味辛温，无毒。主胃中冷逆，霍乱腹痛，解酒毒”，书中的“阿菜汤”等宫廷菜肴，都用到高良姜来调味。中医学认为，高良姜功在散寒止痛、温中止呕、消食开胃，可用于脘腹冷痛、胃寒呕吐、嗳气吞酸、泄泻等症，其药用虽没有生姜、干姜普遍，但在香料中颇为有名。

良姜焖鸡

【材料】公鸡1只，高良姜9克，苹果1个，陈皮、胡椒、葱、盐各适量。

【做法】高良姜、苹果洗净备用，葱洗净，切段备用。将公鸡宰杀，去毛及内脏，洗净切块，热水焯去血沫，凉水冲净，放入砂锅内，加适量清水。然后再放入高良姜、陈皮、苹果、胡椒、葱段，用武火烧沸后，改文火焖熟至熟烂，加盐调味即可。

本药膳具有温脾补中、散寒止痛、消食开胃之功。适合胃脘冷痛、四肢不温、口淡乏味、食欲不振的人群食用，尤适合老年人冬季调补保健。

良姜肘子

【材料】高良姜9克，猪肘子1个，盐、酱油、料酒、糖、八角、桂皮、草果、陈皮、葱、花椒各适量。

【做法】先将肘子用喷火枪烧一下，清除皮上的猪毛，然后将肘子放在凉水中，用钢丝球将肘子表面刷洗干净，放入汤锅中加入葱、高良姜煮约1个小时。把煮透了的肘子捞出，待凉透后剔去肘骨。把去骨后的肘子放入砂锅内，加入盐、酱油、料酒、糖、八角、桂皮、草果、陈皮、葱、花椒，再倒入煮肘子的原汤，大火烧开，小火焖煮4个小时，直到肉入口即化。最后让肉在味汁中浸泡一夜入味，第二天捞出来放入大盘中，上桌前蒸透，即可。

本药膳具有温胃散寒、补火助阳、消食止痛的功效。适合脘腹冷痛、腰膝酸痛、小便清长、食欲不振的人群食用。

藿　香

红点冰盘藿叶鱼

枇杷已熟粲金珠，桑落初尝滟玉蛆。
暂借垂莲十分盏，一浇空腹五车书。
青浮卵碗槐芽饼，红点冰盘藿叶鱼。
醉饱高眠真事业，此生有味在三余。
——宋·苏轼《二月十九日携白酒鲈鱼过詹使君食槐叶冷淘》

这首诗描写的是诗人带着白酒和鲈鱼访詹使君，在他家里吃槐叶凉面的生活场景，字里行间不仅仅透着生活之美，而且有着盎然生趣。他去的时候枇杷已经成熟，像璀璨的金珠子似的挂在树上，拿出新酿成的桑落酒来品尝，看到酒面上浮动的晶莹泡沫灵动可爱。暂借这垂莲似的酒盏，浇一浇心中的惆怅。青色的小碗中盛放着槐芽饼，红点装饰的瓷盘中，藿香叶配鲈鱼。诗人不禁感叹喝醉吃饱之后高枕入眠才是人生真正重要的美事，此生的滋味就在这样空下的闲余时光。

在我国广袤的原野上，生长着一种气味芳香的植物，古时多用它医治霍乱。它的叶子如同豆叶，古人称豆叶为“藿”，加之它那浓烈的香气，文人便把它叫作“藿香”。宋代嘉祐年间，首次把藿香收入本草典籍。《太平惠民和剂局方》中收载了一首以藿香为主药的方剂——藿香正气散，有扶正祛邪、利湿止泻的功效，用于治疗外感风寒、内伤湿滞诸症，如四时感冒、中暑头痛等症。作为主药的藿香有芳香化浊、开胃止呕、发表解暑的功能，适宜外感风寒、内伤湿滞、头痛昏重、呕吐腹泻、中暑、消化不良、宿醉未醒的人群使用。藿香的食用部位一般为嫩茎叶，为野味之佳品，亦可作为烹饪佐料或材料，可凉拌、炒食、炸食，也可做粥。

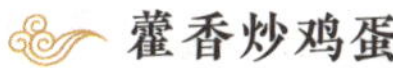

藿香炒鸡蛋

【材料】嫩藿香叶 150 克，鸡蛋 3 个，油、盐、葱、青椒各适量。

【做法】藿香叶洗净，切碎；鸡蛋磕破，倒入碗中，打散。切碎的藿香叶倒入蛋液中，加少许盐。葱、青椒切碎。热锅，倒入油，加入葱花、青椒末，炒香；倒入拌好的蛋液，炒至蛋熟即可出锅。

本药膳具有醒脾开胃、补中止泻、祛湿解暑的功效。适合食欲不振、消化不良、暑湿感冒、疰夏的人群食用。

［藿香白鲢鱼］

藿香白鲢鱼

【材料】藿香 60 克，白鲢鱼 900 克，油、葱、泡椒、蒜、老姜、淀粉、胡椒末、味精、盐各适量。

【做法】将白鲢鱼剖洗干净，切块状，加入淀粉和老姜片拌匀，待用。蒜切片，泡椒剁碎，葱切碎，藿香叶切成指头粗的条状，藿香梗切段。锅中放油，油热后，放入蒜片、姜、泡椒末炒香。锅中加入水，约能没过鱼肉即可，再放入一半藿香叶、藿香梗、胡椒末、盐、味精。水开后，放入鱼头，先煮两三分钟后，放入鱼肉，水开后两三分钟收汁，关火。将剩余的藿香摆在碗底，将煮好的鱼肉一块块夹起来放在藿香上面，再将汤浇在鱼肉上，撒上葱花就可以了。

本药膳芳香化浊、开胃止呕、发表解暑。适合湿浊中阻、脘痞呕吐、暑湿倦怠、胸闷不舒、感冒泄泻的人群食用。

薄　荷

风枝露叶弄秋妍

薄荷花开蝶翅翻，风枝露叶弄秋妍。
自怜不及狸奴点，烂醉篱边不用钱。

——宋·陆游《题画薄荷扇》

陆游生逢北宋灭亡之际，少年时即深受家庭爱国思想的熏陶。宋高宗时，参加礼部考试，因受秦桧排斥而仕途不畅。这首诗描写了薄荷的花开引来一群翻飞的蝴蝶，微风拂弄着枝条，叶子上晶莹的露水随风滑落，这是一片秋天的景象。诗人怜惜自己比不上一只小狸猫，即使喝得酩酊大醉，摔倒在篱笆边也没有人来管。整首诗词形容自己生活落魄、郁郁不得志的悲惨形象，跟前面美丽的秋景形成强烈反差，更突出心中郁结之深，即使薄荷能够疏肝解郁也无济于事。

薄荷清香怡人，气香无毒，《本草纲目》记载："薄荷辛能发散，凉能清利，专于消风散热。"中医学认为，薄荷有解热毒、散风热、疏肝郁、清头目、利咽喉等功效。《新修本草》将薄荷列于菜部，称"亦堪生食"。现在薄荷亦常被用于菜肴、糕点和饮料制作，为食疗常用之品。《食医心镜》中提到薄荷的食用方法很多，可以和豆豉一起煮汤，泡在酒里饮用，或者饮茶的时候用生薄荷当茶点嚼着吃，这样对身体很有好处。近代还用鲜薄荷茎经蒸馏而得之芳香油，处方多称"薄荷冰"或"薄荷霜"，功用与薄荷近似。现在的许多清咽润喉的药物或食品中也大多含有薄荷成分。

现代研究表明，薄荷含有薄荷醇，可清新口气，缓解腹痛、胆囊痉挛等，还具有防腐杀菌、利尿、化痰、健胃和助消化等功效。小剂量食用还有助于睡眠。

薄荷鸡丝

【材料】鲜薄荷 120 克，鸡胸肉 150 克，胡萝卜 60 克，洋葱、杏仁、米醋、糖、生抽、香油各适量。

【做法】将胡萝卜洗净切成丝，洋葱切丝，薄荷叶洗净撕成小片，杏仁切碎，备用。鸡胸肉洗净后，放入锅中，加姜片，煮 30 分钟，煮的过程中将浮沫撇出；煮至鸡肉快熟时，将胡萝卜丝倒入，一起煮约 3 分钟后关火。将煮好的鸡肉和胡萝卜丝分别捞出来。待鸡肉稍凉，将肉撕成丝，然后将洋葱丝、薄荷叶、胡萝卜丝和杏仁碎与鸡丝混合，撒上调料拌匀即可。

本药膳具有清火解暑、解郁疏肝的功效。适合夏季容易中暑、咽喉疼痛、心情不畅、易上火体质的人群食用。

［薄荷鸡丝／晏子·新加坡］

薄荷鱼卷

【材料】薄荷 120 克，草鱼 450 克，鸡蛋 3 个，面包屑 180 克，植物油、姜、料酒、淀粉、胡椒粉、味精、盐各适量。

【做法：鲜薄荷叶洗净切碎，加入精盐、味精拌匀稍腌。将草鱼宰杀，去鳞、内脏及鳃，洗净，剔下鱼肉，去刺，片成薄片，加入姜片、精盐、料酒、胡椒粉、味精拌匀，腌入味；鸡蛋倒在碗里，加精盐，打散；将鱼片放入薄荷叶，卷成鱼卷，拍上干淀粉，蘸匀鸡蛋液，滚上一层面包屑即成薄荷鱼卷生坯；炒锅注油烧至四成热，下入薄荷鱼卷生坯炸至金黄色且鱼肉熟透，捞出，控油，装盘即可。

本药膳具有利咽和胃、清火祛风的功效。适合咽喉不适、消化不良、容易感冒的人群食用。

紫　苏

苔纹深碧毯

解语莺能巧，交飞蝶许狂。
苔纹深碧毯，榴靥竞红妆。
粗已成幽圃，犹当筑小堂。
未妨无暑药，熟水紫苏香。
——宋·方回《次韵志归十首》

这首诗描写了一幅意境悠远的闲居生活画面，院子里鸟鸣婉转悠扬，花丛中蝶舞翩翩，青苔将小路装点成碧绿的地毯，石榴花竞相开放，像淡妆浓抹总相宜的女子一般，园圃的大体样貌已经落成，还准备建造一处小草堂。闲居在此处，无需担心没有防暑的必备药材，院子里的紫苏拿来煮一煮，芳香四溢，拿来代茶饮，暑气不侵。好一幅闲情逸致，随性且悠然的生活画面。可见，在古代紫苏为随手可得的中药，院子里就可种植，方便取用。而且说明了紫苏的一个功效——祛暑，古人将它作为防暑之品。

紫苏在我国有近 2000 年的应用历史了，它从头到脚都有特殊的芳香，全身都是宝。叶叫“苏叶”，是解表除风的要药；茎叫“苏梗”，有理气宽中、止痛安胎的功效；子叫“苏子”，可化痰降气、平喘润肠；全草入药，叫“全苏”，为治疗胃肠型感冒的常用药。紫苏嫩叶可生食、作汤，其嫩茎叶可腌渍。《本草纲目》曾记载：“紫苏嫩时有叶，和蔬茹之，或盐及梅卤作菹食，甚香，夏月作熟汤饮之。”就提及紫苏的嫩叶可以和蔬菜一同食用，或者加上盐和梅子汁做成酱料，夏天的时候可以煎汤代茶饮。紫苏叶可用于烹制各种菜肴，如紫苏炒田螺、苏盐贴饼、紫苏百合炒羊肉等。

紫苏佐鱼蟹食用时，可以解鱼蟹毒。另外，在南方地区，于泡菜坛子里放入紫苏叶或紫苏梗，可以防止泡菜液中产生病菌，让泡菜更加香醇。

凉拌紫苏叶

【材料】嫩紫苏叶 300 克，蒜泥、盐、味精、酱油、醋、麻油各适量。

【做法】先把紫苏叶择去杂物，用清水洗净，放入沸水锅内焯透，捞出，再用清水洗一洗，挤干水分，备用。将紫苏叶用刀切成段，直接放入盘内，加入蒜泥、精盐、味精、酱油、醋、麻油拌匀，即可食用。

本药膳具有行气和胃的功效。适合脾胃气滞的人群食用。嫩紫苏叶凉拌味道鲜美，而且利于身体对各种营养物质的吸收。

紫苏炒田螺

【材料】田螺 300 克，紫苏叶 150 克，沙茶酱、蒜茸、豆豉、盐、油各适量。

【做法】先把紫苏叶择去杂物，用清水洗净备用；田螺用清水养一夜，吐净泥沙，洗净备用。把锅烧热，倒入油，把蒜茸、紫苏叶、沙茶酱、豆豉等倒入锅中，爆香。加入田螺不停翻炒，溅入滚水，用精盐调味，炒至熟透。勾芡，加麻油和匀上碟。

本药膳具有行气和胃、利水消肿的功效。适合食欲不振、消化不良、轻微水肿、小便不畅的人群食用。田螺的肉质细嫩，味道鲜美，营养价值高，有“盘中明珠”的美称。田螺寒凉，紫苏辛温，两者做膳，恰到好处。

芦　根

滩浪聚芦根

风恶舟难进，聊依浦里村。
岸潮生蓼节，滩浪聚芦根。
日脚看看雨，江心渐渐昏。
篙师知蟹窟，取以助清樽。
——宋·梅尧臣《褐山矶上港中泊》

这首诗描绘的是诗人遭遇恶劣天气，停船在岸边所见的景象与所做的事情。天气恶劣很难行船，只能在浦里村修整等待。岸边潮湿，生长着许多蓼草，滩涂上被水浪冲出了许多芦根。透过云隙中散落的太阳看看会不会下雨，江的中心渐渐变得昏暗。撑篙的师傅知道蟹的栖息处，取来几只作为下酒的美味。诗中提及了芦根生长的环境，很多时候植物的生长环境影响着它的属性。

芦根就是芦苇的地下根茎，它藏在深深的泥沼中，匍匐横行，周身裹着漂亮的黄白色。虽然我们平时可能看不到新鲜的芦根，但是应该见过生长在水中或岸边的芦苇。翠绿茂密的芦苇，一丛一丛伫立在水塘边和溪水旁，茁壮成长，到了白露节气前后，芦苇就会开出如稻穗般的花絮，白茫茫、飘荡荡，随着秋风摇曳。由于生长在水下泥沼中，芦根味甘多液，善滋阴养肺，上可祛痰排脓、清热透疹，中可清胃热、生津止渴，下可利小便、导热下行。常用于温热病之高热、口渴、胃热呕吐，以及肺热咳嗽，痰稠而黄、吐之不爽等。

现代研究表明，芦根中含有大量的维生素 C、维生素 B_1、维生素 B_2 以及碳水化合物、脂肪、天冬酰胺、蛋白质等，对感冒、口臭、急性扁桃体炎、支气管炎、胆囊炎、肝炎等有较好的疗效。

芦根煮兔肉

【材料】鲜芦根 120 克，兔肉 600 克，冬瓜 150 克，生姜、细盐、酱油、醋、香油各适量。

【做法】将兔肉洗净血迹，切成大块，放入锅内。将鲜芦根洗净，切成小段；冬瓜不刮皮，洗净，切成大块，用净纱布包好；生姜切片。将芦根、冬瓜块、生姜一同放入锅内，加适量的冷水、细盐，放火上将锅加热，锅开后改成小火焖煮，煮熟后将大块兔肉捞出。将兔肉切成细丁，加酱油、醋、香油调匀，盛盘即可食用。

本药膳具有清热除烦、降脂减肥的功效。适合易于感冒、阴虚失眠、肥胖、血脂高、血糖高的人群食用。兔肉味道清香，肉中含优质蛋白质较多，不但肌肉纤维细嫩，营养丰富，便于消化，而且是较好的健美减肥食品。

［芦根炒藕片］

芦根炒藕片

【材料】鲜嫩芦根 60 克，莲藕 300 克，葱、姜、盐、味精、植物油各适量。

【做法】先将葱白和叶分别切成末，姜切小片，藕削皮后切薄片，芦根洗净，去节，切丝；藕放入加了白醋的水中浸泡 5 分钟，以免变色。锅中油热后，放入葱白末和姜片，炒出香味；将藕片倒入锅中翻炒，边炒边加入清水，缓缓倒入，再加入芦根丝，继续翻炒。炒至藕片有些透明感，无实心的时候撒入盐炒匀；起锅前撒入葱叶末，拌匀即可。

本药膳具有养阴开胃、凉血止血的功效。适合有胃阴不足的胃痛、消化不良、糖尿病、血热等的人群食用。

覆盆子

蓬虆应同仙客采

立马关门不可留，黄沙白草莽生愁。
天连玄岳云中出，河转桑乾地底流。
蓬虆应同仙客采，貂裘还忆帝乡游。
蛮诗想在征西府，肯羡长裾过五侯。
——明·黎民表《送蒋少翼之云中》

这首诗描写了诗人送友人到云中这个地方所看到的景色以及即将离开时所发出的感慨。驻马在关门久久不忍离去，远处的黄沙和那些茂密的白草让人泛起了愁绪。天的尽头仿佛和北岳恒山连在了一起，又仿佛是从云中郡这个地方生长出去一样，河水流到桑乾河这个地方便转入地下流淌。覆盆子应该是神仙才能采摘的仙果，却能够在这里看到。身上的那一件的貂皮大衣还是在京城的时候做的，那个时候的日子是多么的惬意。现在来到云中，能够留在征西将军府里吟诗作乐，采食覆盆子这样的仙果，也可以令那些权贵豪门羡煞了，聊以慰藉被贬的忧愁吧。

在南方山村的半山腰、小溪旁常能见到一种低矮的植物，一到芒种插田时节便结满了如小草莓一般的红果实，酸甜可口，据说小孩吃了不尿床。这种平凡中带着神奇色彩的果子是一味中药，入药已有几千年的历史，它就是覆盆子，又称之为“蓬虆”“插田泡”“刺蔗”“树莓”等。《本草衍义》中说覆盆子“味酸甘，外如荔枝、樱桃许大，软红可爱”。中医学中讲，覆盆子禀中和之性，为平补肝肾之要药，具有益肾助阳、固精缩尿之功。古代医家陶弘景说覆盆子：“主益气轻身，令发不白。”《本草新编》中也记载覆盆子可以温中补虚，安和五脏，悦泽肌肤，明目黑须，耐老轻身。

现代研究表明，覆盆子中含大量的超氧化物歧化酶、花青素、枸杞多糖等，具有抗氧化、抗衰老、降血糖等作用，还可以抑制肿瘤生长，被誉为“生命之果”。

覆盆子酱鸭

【材料】鲜覆盆子 120 克，鸭胸肉 6 块，蜂蜜、盐、植物油、肉桂粉、红糖各适量。

【做法】①覆盆子酱制作：先将覆盆子洗净、沥干，玻璃瓶用热水煮过，沥干，备用。覆盆子放入锅中，小火熬煮。待覆盆子出水后，加入蜂蜜、肉桂粉、红糖混合均匀。转至中火，边煮边搅拌至汤汁渐渐减少。再以小火煮至喜欢的浓稠度。趁热装至玻璃瓶中，盖紧瓶盖，倒放至冷却即可。②鸭肉处理：用中火将大锅烧热，加入少量植物油，将鸭胸肉鸭皮朝下，煎到鸭皮金黄，脂肪流出为止。取出鸭胸，倒出大部分的油脂。然后将鸭肉放回锅内，鸭皮朝上再煎 5 分钟。然后将鸭肉移出锅，放入盘中。将鸭肉切成细片，然后在鸭肉上倒上少许覆盆子酱汁，趁热食用即可。

本药膳具有滋阴养胃、补肾固精的功效。适合有阴虚胃痛、滑精、小便频数、腰膝冷痛等症状的人群及肿瘤患者食用。

覆盆子煲猪肚

【材料】覆盆子干 30 克，鲜白果 12 克，猪肚 150 克，盐适量。

【做法】将覆盆子洗净；白果洗净，炒熟去壳；猪肚洗净，切成小块。然后将覆盆子、白果、猪肚放入锅内，加入适量清水煮熟，加入盐调味即成。

本药膳具有补肝肾、缩小便、止咳喘、益脾胃的功效。适合有夜尿多、遗尿、咳嗽、厌食、消化不良等症状的人群食用。

葛 根

去年不雨食葛苦

采葛荒山中，泥深葛根短。
茅茨四子母，我腹讵得满。
罢丞摄令印，窥我肉可脔。
似闻府公慈，欲诉宁尽款。
采葛采葛春不雨，去年不雨食葛苦。
食葛苦，命敢辞，只怕丞来葛了时。
——明·黄衷《采葛谣辰阳道中作》

这首诗歌是诗人罢官之后寄居山村，食葛根为生的写照：在荒山之中采葛根，挖了很深的泥坑，却只得到了很短的葛根，茅屋里还有四个家人，我的肚子怎么能够吃得饱？被罢免了丞相的职位依然保养着大印，曾经听闻主公仁慈，想要请求他把回家守孝的银钱给我，否则只能将我的肉切成小片分食了。采葛啊，采葛，这春天怎么还是不下雨啊？去年因为雨水少，葛根变得味道很苦，吃了苦葛根，感觉命都快没了，只怕丞相来了苦葛已经被吃光了。

葛根，别名甘葛、干葛、粉葛等，营养丰富，素有“江南人参”之美称。历史上不少隐士、高僧，就时常采挖山中葛根磨粉煮食，都得以高寿。相传，“葛根”之名的来历就与著名中医学家、炼丹家葛洪“葛仙翁”有关。中医学认为，葛根具有清热生津、升阳止泻、透疹的功效。适用于外感发热头痛、颈背强痛、口渴、麻疹不透、热痢、泄泻、糖尿病、高血压等病症。除了根以外，野葛的未开放的干燥花蕾，也是一味中药，叫作葛花，具有解酒醒脾的功效，可用于饮酒过度所致的头痛、头昏、烦渴、呕吐、胸膈饱胀等，爱酒的人士不妨在家中备一些。

现代药理研究发现，葛根所含总黄酮和葛根素，可明显地扩张冠状动脉，有降低血压、减慢心率、降低心肌耗氧量的作用；对阻止血栓形成和治疗偏头痛也有效果。

清炒葛粉

【材料】葛粉 90 克，水 120 毫升，青椒、盐、植物油、生抽、十三香各适量。

【做法】将葛根打散成细腻的葛粉，加入水，搅拌均匀，成稀糊状。向不粘锅中倒入调好的面糊，铺一层，晃动面糊，使均匀摊开，小火加热，待面糊凝固后取出。锅稍微凉一下，再接着摊剩余的葛粉糊，全部做好，取出晾凉。然后将做好的葛粉薄饼切成条状备用。青椒去蒂洗净，切成丝，备用。锅中加入油，倒入青椒丝炒出味，放入葛粉条，翻炒，加入少量水，盖盖、小火加热；水分快收干时加入适量生抽和盐调味，十三香提香，翻炒均匀，出锅即成。

本药膳具有清热除烦、生津止渴、透疹止泻的功效。适合口渴多饮、慢性脾虚泻泄、糖尿病、头痛、高血压、冠心病的人群食用。

【葛粉炒肉】

葛粉炒肉

【材料】葛粉 60 克，瘦猪肉 300 克，油、盐、味精、辣椒各适量。

【做法】葛粉做成葛粉条（见上面“清炒葛粉”的做法），将肉切成丝，备用。锅用大火烧热，加入油，倒入肉丝爆炒一下，然后加入切好的葛粉条及味精、盐、辣椒，翻炒至熟，调匀装盘而成。

本药膳具有滋阴润燥、生津止渴、清热除烦的功效。适合阴虚内热、皮肤干燥、口渴多饮、糖尿病、头痛的人群食用。

昆　布

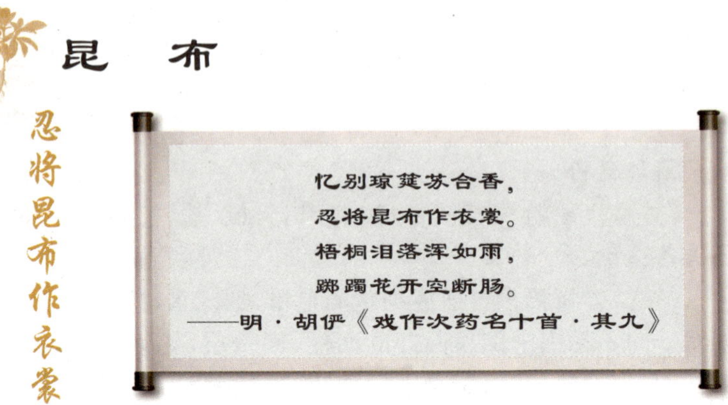

这首诗是诗人根据中药名所作的一首情景诗。回忆离开那晚盛宴时闻到的苏合香味，久久不能忘怀，愿意拿昆布去做一套华丽的衣裳，再去琼筵之上走一遭，但这终究是个幻想。院中梧桐花期将过，纷纷落下的花朵似梧桐的眼泪，又如同下雨一般，是在为自己伤感么？杜鹃花开放，却只能一个人欣赏，这是多么的令人神伤啊！

昆布为海带科植物海带或翅藻科植物昆布、裙带菜的叶状体，与日常生活中常见的海带不完全相同，但功效类似，在中医临床用药中，二者均作为昆布使用，其性寒味咸，具有软坚散结、消痰利水的功效，多用于治疗瘿瘤、瘰疬、睾丸肿痛、痰饮水肿等病症。《证类本草》中有昆布“此物海岛之人爱食，久服病亦不生”“久服瘦人”等说法，表明昆布具有很好的保健和减肥作用。

现代研究表明，昆布中含有丰富的多糖，如昆布素、甘露醇、藻胶酸等，还含有大量的无机盐类，维生素 C 以及氨基酸。具有降压、降脂、降血糖、提高免疫力、抗肿瘤、抗辐射等作用。

昆布焖萝卜

【材料】干昆布150克，萝卜300克，丁香、大茴香、桂皮、花椒、核桃仁、油、酱油、盐各适量。

【做法】将昆布用水浸泡6小时(中间换水2次)，然后洗净切成丝，萝卜亦切成粗丝。将油烧热，加昆布丝炒几下，放入丁香、八角茴香、桂皮、花椒、核桃仁、酱油及清水烧开，改中火烧至昆布将烂，再放入萝卜丝焖熟即可。

本药膳具有利水消肿、减肥瘦身的功效。适合有轻度水肿、肥胖、血脂高、缺碘性甲状腺肿的人群食用。

【昆布拌三丝】

昆布拌三丝

【材料】干昆布120克，瘦猪肉300克，干粉丝90克，花生油、酱油、醋、香油、味精、蒜泥各适量。

【做法】把干昆布蒸25分钟左右取出，放热水浸泡30分钟，后用凉水洗净泥沙，切成细丝。再把瘦肉切成丝，放入开水锅中汆熟捞出，与昆布丝一起码放盘内。而后勺内放油，用葱花、姜末炝锅，放入泡发好的粉丝，略炒，出锅后冷却，码放在昆布丝和肉丝上。加入味精、蒜泥、醋、酱油、香油等调料，拌匀，即可食用。

本药膳具有开胃消食、利水通便的功效。适合食欲不振、手脚浮肿、身体肥胖、肠燥便秘、缺碘性甲状腺肿的人群食用。

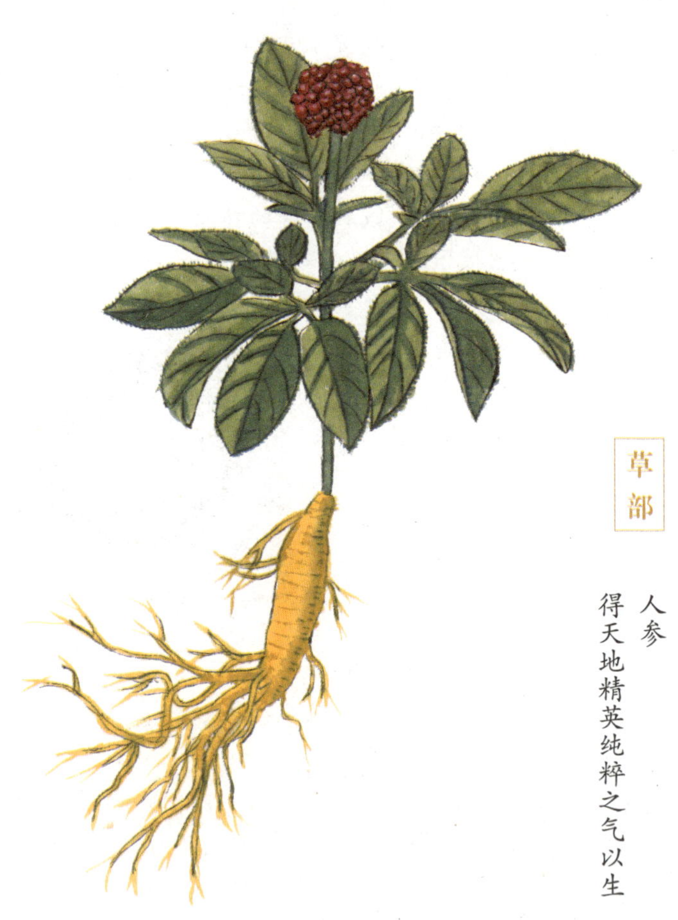

草部

人参

得天地精英纯粹之气以生

花部

菊 花

采撷细琐升中堂

庭前甘菊移时晚，青蕊重阳不堪摘。
明日萧条醉尽醒，残花烂漫开何益?
篱边野外多众芳，采撷细琐升中堂。
念兹空长大枝叶，结根失所缠风霜。
——唐·杜甫《叹庭前甘菊花》

这首诗是诗人因自己种的菊花移栽过晚而错过花期所发的感慨。因为甘菊移栽太晚了，到重阳节的时候还是青色的花苞，没有完全盛开，没办法采摘。明天过了节日之后，客人散尽，酒醉复醒，重新回到那种平淡的生活，菊花开得再灿烂又能怎么样呢？只能到篱笆外面去采一些其他的花放在客厅里来充数了，尽管如此，仍然介怀于自己种的甘菊只是徒长那么大的枝叶，与那秋天的风霜纠缠在一起，却开不出一朵像样的花来。

菊花不争春色，独傲秋霜，因此被誉为秋天的“花中仙子”。除具有较高的观赏价值外，菊花还是一味良药，又可食用，素有“延寿客”之美称。古代许多文人都曾写过赞美食菊养生的文章，如“东篱同坐尝花筵，一片琼霜入口鲜”正写出了菊之味，食之乐。菊全身皆是宝，《本草纲目》记载：“苗可蔬，叶可啜，花可饵，根茎可药，囊之可枕，酿之可饮，自本至末，罔不有功。”菊花品种众多，入药多选野菊花或白菊花，白菊花清肝明目，野菊花祛毒散火。菊花气味芬芳，绵软爽口，是入肴之佳品，长期食用能够“利血气，轻身，延年”。食用以白菊花为佳，如杭白菊和黄山贡菊都是上品之选。用菊花加工制作的菜肴，不仅增加了芳香滋味，丰富了色泽与美感，还具有多种保健养生功效。菊花的吃法很多，可鲜食、干食、生食、熟食，焖、蒸、煮、炒、拌亦皆宜。

菊花鸡丝

【材料】鲜杭白菊花15朵,鸡肉300克,水发香菇30克,鸡蛋1个,盐、白糖、味精、干淀粉、湿淀粉、鸡汤、芝麻油、猪油各适量。

【做法】将白菊花摘下花瓣,放入容器内,用盐水稍泡。鸡肉、水发香菇分别切成丝。鸡肉丝用精盐1克、鸡蛋清、干淀粉拌匀上浆,下入四成热猪油中滑散至熟,倒入漏勺。炒锅内留油,下入香菇丝略炒,加入汤及余下调料炒开,下入一半白菊花炒匀,用湿淀粉勾芡。下入鸡丝翻匀,淋芝麻油,装盘,撒上另一半菊花,即成。

本药膳具有清肝明目、补养五脏的功效。适合体虚乏力、肝火旺盛、目糊、食欲不振的人群食用。本药膳鸡肉鲜嫩,菊瓣飘香,咸甜适口,甚是美味。

【菊花三丝】

菊花三丝

【材料】鲜黄菊花6朵,黄瓜1根,胡萝卜1根,芝麻香油、盐、白芝麻各适量。

【做法】将鲜黄菊花的花瓣用手撕下,放入冷盐水中浸泡2～3分钟,备用。白芝麻炒香备用。胡萝卜、黄瓜洗净,削去外皮,切成细丝。将胡萝卜丝放入沸水中氽煮约30秒,捞出后用冷水冲凉。将黄菊花瓣、黄瓜丝和胡萝卜丝放入盘中,调入盐和芝麻香油混合均匀。最后撒入焙熟的白芝麻即可。

本药膳具有清热疏肝、养肝明目、开胃消食的功效。适合夏季暑热较盛之时,或食欲不振、肝火旺盛、迎风流泪、高血压、高血脂的人群食用。

玫瑰花

粉蛾匀睡脸

疏篱半掩，轻风斜贴，浓香几点。
药阑边，才绽。盈盈紫艳，粉蛾匀睡脸。
频呼小玉私搴取。提笼去，小摘盈阶雨。
扑幽芬。沿藓痕，缤纷。刺兜金缕裙。
——清·陈维崧《河传·玫瑰》

整首词描写玫瑰绽放时的芬芳美艳，令人陶醉。那个稀疏的篱笆门半遮半掩，清风吹过，微微晃动，浓浓的香气一阵阵随风飘来，定睛一看，在那花栏边正有一朵朵玫瑰花刚刚绽开，欲遮还羞。那晶莹的紫色多么艳丽，如粉蛾醒后犹带睡意的面庞。催促着小玉一起去采摘几朵。提着竹笼过去，随意摘取，花瓣落满台阶如下雨般。扑面而来的幽幽的芬芳令人陶醉。沿着苔藓的痕迹寻去，杂乱的花瓣铺满地，仿佛给这带刺的玫瑰穿上了一件金缕裙一般。

玫瑰花在我国已有上千年的栽培历史，西汉以前在西安附近已有栽培。作为药食两用中药，玫瑰花香气清新，药性平和，稍偏温，其味甘微苦，善于疏肝解郁，理气醒脾，活血止痛。对于肝郁气滞所致的色斑，常伴有精神抑郁、烦躁易怒、食欲不振、胁肋不舒等症状，使用玫瑰花能帮助改善上述症状。此外，玫瑰花还可以缓解工作压力，目前许多女性借助芳香疗法调节心理，消除身体疲惫，玫瑰花正是这种疗法常用的药物。

现代研究表明，玫瑰花含有多糖、蛋白质、氨基酸、矿物质、维生素 C 等，具有美白、抗衰老、增强免疫力、改善心肌缺血等作用。

玫瑰五花肉

【材料】鲜玫瑰花 3 朵,五花肉 450 克(稍肥者好),淀粉、熟芝麻、白糖、料酒各适量。

【做法】五花肉切小条,加湿淀粉拌匀;鲜玫瑰花洗净,切成粗丝。热油,将五花肉放入锅中,炸好捞出,沥油;锅内留底油少许,放入白糖,翻炒至能挂长丝。随即下炸好的五花肉翻炒几下,待糖全裹在肉上面,投入芝麻、鲜玫瑰丝,迅速翻炒几下,盛盘晾凉即可。

本药膳具有健脾养颜、理气活血的功效。适合有面部色斑、食欲不振、消化不良、便秘等症状的人群食用。

[玫瑰金豆腐]

玫瑰金豆腐

【材料】鲜玫瑰花 1 朵,嫩豆腐 1 块,鸡蛋 1 枚,面粉、白糖、淀粉、青椒丝各适量。

【做法】将豆腐块沾上干淀粉,挂上蛋糊,下油锅炸至金黄色,捞出沥油;炒勺内放少许清水,下入白糖搅炒,使其化开起大泡,放入炸好的豆腐块翻炒几下。再放入鲜玫瑰丝及青椒丝,见糖发白时盛入盘内,撒上白糖即成。

本药膳具有益气和胃、活血散瘀的功效。适用有胃痛、精神焦虑、面部色斑、胁肋不舒等症状的人群食用。

槐 花

争开金蕊向关河

行宫门外陌铜驼，两畔分栽此最多。
欲到清秋近时节，争开金蕊向关河。
层楼寄恨飘珠箔，骏马怜香撼玉珂。
愁杀江湖随计者，年年为尔剩奔波。
——唐·罗邺《槐花》

这首诗描写了槐花开放时的盛况，却是有人欢喜有人愁。槐花树在行宫门外陌铜驼这个地方，道路两旁栽种的最多，等到临近秋天的时候，槐花那金黄色的花蕊朝向护城河争相开放。那些在皇宫高楼里的人们看到这美景却无法出宫游玩，只能透过珠帘投来嫉妒的目光。马棚里的骏马也被这槐花的香气吸引，变得躁动不安，仿佛要把马橛子挣开一般。四方各地为准备科举考试的学子们极为忧愁，年年到槐花开放的时节，他们却只能为前程奔波在旅途中啊！

在古代，有“槐花黄、举子忙”的说法，槐树作为科第吉兆的象征，始于唐代。科举考试关乎读书士子的功名利禄、荣华富贵，能借此阶梯而踏上仕途。因此，常以槐指代科考，举子赴考称“踏槐”，考试的月份称“槐黄”，考试的年头称“槐秋”。因“槐”“魁”相近，故槐象征着“三公”之位，举仕有望，企盼子孙后代得“魁星神君”之佑而登科入仕。槐花又名槐蕊，为槐树初开的花朵，未开的花蕾称为槐米，其性凉而味苦，具有清热凉血、清肝泻火及止血的功效，主治肠风便血、痔血、尿血、血淋、崩漏、赤白痢下、痈疽疮毒等症。

现代药理研究表明，槐花中所含的芸香苷及槲皮素能减少血管通透性，使毛细血管恢复正常的弹性，具有一定的抗炎作用。还可扩张冠状动脉，改善心肌血液循环，降低血压、血脂等。

槐花炒鸡蛋

【材料】鲜槐花150克，鸡蛋3个，香葱、盐、花生油各适量。

【做法】把槐花摘干净，去除叶子，用清水洗净；然后用开水煮开，烫熟后过凉，把槐花中的水分攥净。香葱洗净，切成葱花。鸡蛋打入盆中，盆中倒入槐花，把槐花和鸡蛋搅拌均匀，加入葱花和盐调味。炒锅烧热，加入花生油，放入槐花蛋液进行炒制，慢慢加热至蛋熟即可。

本药膳具有清肝泻火、凉血止血的功效。适合肝火旺盛所致的头目赤痛、咽喉肿痛、痔疮出血、高血压、糖尿病的人群食用。

槐花炒里脊

【材料】槐花150克，里脊肉150克，油、盐、鸡精、葱、蒜、生抽、料酒、淀粉各适量。

【做法】槐花摘干净，用清水清洗几遍，沥干水分。葱、蒜洗净，切碎。里脊肉洗净，切成薄片，放入盐、生抽、料酒、淀粉抓匀，腌制10分钟；锅内放油，放入里脊肉片炒熟，盛出备用。用锅内余油炒香葱、蒜，放入槐花炒熟，然后加入炒好的里脊肉翻炒均匀，最后加入盐和鸡精，翻炒均匀即可。

本药膳具有清肝明目、补虚止血的功效。适合有头晕、目糊、高血压、高血脂的人群食用。

金银花

黄银瑞出云

金虎胎含素，黄银瑞出云。
参差随意染，深浅一香薰。
雾鬓欹难整，烟鬟翠不分。
无惭高士韵，赖有暗香闻。
——清·王夫之《金钗股》

此诗标题“金钗股”，即金银花。一联“金虎”与“黄银”，均指其花的颜色；《淮南子·天文训》：“西方，金也……其神为太白，其兽白虎。”虎象白色。“胎含素”，指其含苞待放之状；“瑞云出”，指其绽花盛开之态。二联写金银花的形态和香气，参差不齐的花枝上，开满黄白两色的花朵，花色深浅不同，都是用一种香料熏成。三联写金银花的藤蔓，其藤蔓盘曲，恰如妇人的雾鬓烟鬟。“欹难整”，写其倾侧垂挂之姿；“翠不分”，写其朦胧暗碧之色。藤之蔓叶是雾鬓烟鬟，藤叶间的金银花就是簪戴其间的金钗股了。四联议论总结，金银花不愧有高士风韵，因有暗香徐徐传来。

“金银花”一名出自《本草纲目》，由于其花初开为白色，后转为黄色，因此得名金银花。又因为一蒂二花，两条花蕊探在外，成双成对，形影不离，状如雄雌相伴，又似鸳鸯对舞，故有鸳鸯藤之称。金末诗人段克赞曰：“有藤名鸳鸯，天生非人种。金花间银蕊，翠蔓自成簇。”中医学认为金银花气清香，味淡、微苦、甘，性寒，具有清热解毒、疏散风热、清咽利膈之功效。金银花为药食两用中药，药性较为平和，《本草纲目》中详细论述了金银花具有“久服轻身、延年益寿”的功效。

现代药理研究认为，金银花含有多种人体必需的微量元素和化学成分，还含有多种对人体有利的活性酶物质，具有广谱抗菌、抗病毒、抗肿瘤、解热抗炎、利胆保肝、降脂、止血及防治溃疡等药理作用。

双花高汤鲤鱼煲

【材料】金银花24克，猪筒骨450克，鲤鱼1条（约450克），料酒、盐、味精、姜、葱、胡椒粉各适量。

【做法】先将猪筒骨加葱、姜熬煮浓高汤约3 000毫升，滤出备用。将金银花去杂质，洗净备用；鲤鱼宰杀后，去鳃、鳞及肠杂，剁成大块；姜拍松，葱切段。将金银花、鲤鱼、料酒、盐、味精、姜、葱、胡椒粉、高汤放入煲内，置炉上武火烧沸，转文火煮15分钟，即成。

本药膳具有疏风清热、明目利水、补益虚损的功效，适用有目赤、心烦、头痛、眩晕、水肿等症状的人群食用。

金银白菜猪肉片

【材料】金银花24克，猪精肉240克，小白菜90克。料酒、姜、盐、味精、植物油各适量。

【做法】将猪精肉洗净，切薄片，加料酒、盐腌制15分钟备用；金银花、小白菜洗净备用；姜切片备用。将炒锅置武火上烧热，加入植物油，烧至六成热，加入姜爆锅，下猪精肉、小白菜，翻炒几下，待白菜水出，烧沸，下金银花，煮熟后加盐、味精即成。

本药膳具有补益虚损、清热解毒的功效，适合咽痛、发热后康复期的人群食用。金银花的金黄色搭配小白菜的银色，肉片仿佛置身于金银的海洋，加之味美可口，助益健康，深受人们喜爱。

花部

菊花

取其味甘气清，有补阴养目之功

谷部

黑芝麻

傍枝延扶疏

悲哀易衰老，鬓忽见二毛。
苟生亦何乐，慈母年且高。
勉力向药物，曲畦聊自薅。
胡麻养气血，种以督儿曹。
傍枝延扶疏，修荚繁橐韬。
霜前未坚好，霜后可炮熬。
诚非腾云术，顾此实以劳。
——宋·梅尧臣《种胡麻》

这首诗写了种植黑芝麻从播种到收获的全过程。诗人感慨悲哀容易使人衰老加速，鬓角处不知道什么时候多出了花白的头发，苟且偷生有什么可以快乐的，只是因为慈母尚在且年事已高，需要照料。靠着药物维系体力，勉强能够将田里的杂草拔除。黑芝麻能够滋养气血，督促晚辈们快快将它种下。看着黑芝麻枝叶茂盛，高低疏密有致地向上蔓延着，掰下过于稠密的芝麻荚装满了袋子。在霜降之前黑芝麻荚还没有很硬很饱满，待到霜降之后黑芝麻就可以采摘，或炒食或煮粥了。种植黑芝麻的技术不是什么神奇的术法，只能以这样的劳动来充实慰藉自己的内心了。

黑芝麻又称胡麻、油麻、巨胜等，可炒熟直接食用，亦可作为糕点食品的辅料，更是食疗的上好食材。《名医别录》认为芝麻“八谷之中，惟此为食”。据《神仙传》记载：古代有一妇女，虽已年逾八旬，但仍“甚少壮，日行三百里，走及獐鹿”，主要因其常年服食以黑芝麻做成的糕饼。芝麻中尤以黑芝麻为上品，《本草纲目》有记载：“服黑芝麻百日，能除一切痼疾。一年身面光泽不饥，二年白发返黑，三年齿落更生。”黑芝麻有补肝肾、益精血、润肠燥的功效，适用于肝肾精血不足所致的眩晕、耳鸣耳聋、须发早白、五脏虚损、皮燥发枯、肠燥便秘等病症，在乌发养颜方面的功效，更是有口皆碑。

黑芝麻拌菠菜

【材料】菠菜 300 克,黑芝麻 30 克,盐、香油、蒜、醋、糖、鸡精各适量。

【做法】将黑芝麻放入炒锅中用小火炒香,然后将炒香的黑芝麻放入臼中捣成细末,备用。菠菜洗净,切大段。锅中放入适量水和半匙盐,烧滚后放入菠菜氽熟,捞出放入冰水中,再捞出沥干。用手将菠菜稍攥出水,加入黑芝麻末和盐、香油、醋、糖、鸡精,将菠菜拌匀,装盘即可。

本药膳具有开胃消食、补血滋阴、润肠通便的功效。适合夏季食欲不振、阴虚肤燥、肠燥便秘、缺铁性贫血的人群食用。

[黑芝麻拌菠菜/阿拉蕾·上海]

黑芝麻烧小排

【材料】肋排 600 克,黑芝麻 30 克,姜、蒜、大葱、盐、料酒、生抽、陈醋、油、冰糖各适量。

【做法】排骨冷水下锅煮出血沫,加入 2 片姜片去腥,捞出,冲净血沫。将锅加热,倒入适量的油,加入冰糖,炒至焦糖色。糖色炒好之后加入焯好水的排骨,下锅炒均匀。加入姜片、葱段、蒜瓣。加入热水,没过排骨。加入料酒、盐、生抽、陈醋调味。煮至排骨收汁,捞出姜片、葱段、蒜瓣。加入炒过的黑芝麻,如果觉得不够酸,可以再加一点醋适当调味,起锅。

本药膳具有滋补肝肾、益血润肠的功效。适合腰膝酸软、气血不足、面部无华、肠燥便秘的人群食用。

淡豆豉

紫豉煮莼甘更新

去无珠履为上宾，进船申浦忆春申。
江田插秧鹁姑雨，丝网得鱼云母鳞。
青天折桂香未灭，紫豉煮莼甘更新。
平时况可乐风月，吴物信美聊前陈。
——宋·梅尧臣《送江阴签判晁太祝》

本诗写了诗人为送别友人卸任时的感慨，也有劝慰友人的意思。友人离开官位已经没有珠饰之履，但却依然被奉为上宾，船行至申浦河道的时候便回忆起了春申君。站在船头远眺，申浦河水灌溉的江田里正是插秧的农忙时节，鹁姑在树上咕咕地叫，提示人们雨要来了；正有渔人在打鱼，收网时看到晶莹的鱼鳞在翻动。回船舱，晴天时折下的那一枝桂花香气依旧，用申浦河水煮一瓮豆豉莼菜汤，那种甘甜却显得更加清新。老友啊，平常的时候我们尚可以对着清风明月吟诗作乐，现在隐退潮流这是好事情，更该坐下来好好叙叙旧，聊一聊前尘往事，欣赏着这农乐之景，折桂闻香，煮豉羹莼，岂不悠哉乐哉！

淡豆豉是豆豉的一种，《释名·释饮食》中解释豉这个字时说："豉，嗜也，五味调和，须之而成，乃可甘嗜也。豉有淡、咸二种，淡者入药，故名淡豆豉，又名香豉。"早在春秋战国时期，中国人就开始制作豆豉，并用于烹饪与医疗中。宋代《开宝本草》记载："古今方书用淡豆豉治病最多，江南人喜做淡豆豉，凡得外感时气，先用葱豉汤服之去汗，往往便愈。"这便记载了用淡豆豉制作的一种药膳"葱豉汤"。淡豆豉有疏风解表、清热除湿、祛烦宣郁的功效，常用于感冒发热、心烦失眠、烦躁胸闷等病症。

研究还发现，豆豉中含有豆豉激酶，可有效预防老年痴呆。豆豉还可促进消化、提高肝脏解毒能力等。

豆豉炒苦瓜

【材料】苦瓜300克，豆豉30克，花椒、蒜、食盐、植物油各适量。

【做法】苦瓜对半剖开，挖掉瓜瓤，然后切成薄片；切好的苦瓜清洗干净后，在开水中焯2分钟，捞出，沥干水分。豆豉用清水稍冲洗，切碎；大蒜剥去蒜衣，洗净后切碎。锅烧热后，倒入适量植物油烧热；转小火，放入蒜、豆豉、花椒，小火煸香；放入苦瓜，大火翻炒。食材熟了之后，调入适量盐（豆豉有咸味，所以盐要少放一点），起锅装盘即可。

本药膳具有祛暑解热、除烦解郁的功效。适合夏季容易中暑、上火、心烦失眠、胸膈不舒等的人群食用。

［豆豉炒苦瓜／少彬·杭州］

豆豉蒸排骨

【材料】肋排450克，豆豉60克，白糖、葱、姜、蒜、料酒、生抽各适量。

【做法】将豆豉、葱、姜、蒜剁成碎末，备用。将排骨完全洗净斩块。取一个大碗，倒入肋排、豆豉、葱、姜、蒜、白糖、料酒、生抽，充分搅拌均匀，腌制30分钟左右，备用。将腌制过的豆豉排骨放入大盘中，一一摆平待用。取蒸锅，烧开锅内的水，放入豆豉排骨，加盖开大火隔水清蒸30分钟。取出蒸好的豆豉排骨，洒上葱花点缀，即可食用。

本药膳具有消食和胃、除烦祛寒的功效。适合消化不良、心烦失眠、胃脘冷痛的人群食用。

谷部

白扁豆

通利三焦，升清降浊

果部

杏　仁

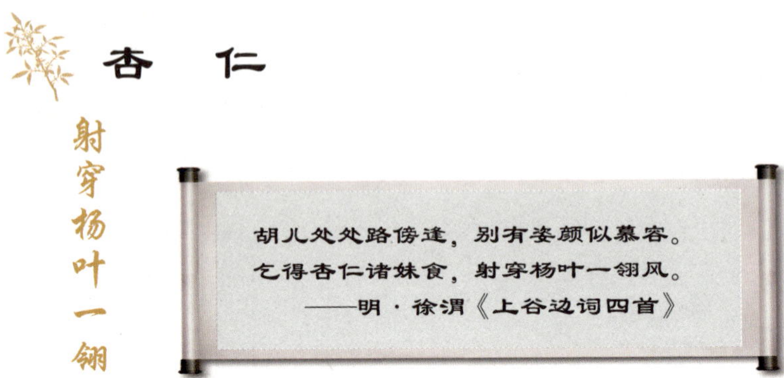

徐渭，绍兴府山阴（今浙江绍兴）人，曾南游金陵（今江苏南京），北走上谷（今河北张家口），纵观边塞，常慷慨悲歌。试想诗人游历到边塞，路边经常可以看到的是北方少数民族的人，这些人的长相与中原地区的人有明显的不同。因连年战乱导致人亡家破，只能沿街乞讨生活，即使得到的是杏仁这样带苦味的中药，也要分给弟弟妹妹们一起吃，味道虽苦，但也只能够聊以充饥罢了。忽然，一支翎羽箭射穿了不远处杨树的叶子，只留下一阵犀利的箭风。表达了诗人对战乱的厌恶和悲痛。

杏仁分为南杏仁（甜杏仁）和北杏仁（苦杏仁）两种。甜杏仁无毒，偏于滋润，多用于食用，还可作为原料加入蛋糕、饼干和菜肴中，具有润肺、止咳、滑肠等功效，对干咳无痰、肺虚久咳等症有一定的缓解作用。苦杏仁有小毒，带苦味，多作药用，具有润肺、平喘的功效，对于因伤风感冒引起的多痰、咳嗽、气喘等症状疗效显著。

现代研究表明，杏仁含有丰富的黄酮类和多酚类成分，不但能够降低人体内胆固醇的含量，还能显著降低心脏病和很多慢性病的发病危险。杏仁还有美容功效，能促进皮肤微循环，使皮肤红润光泽。

杏仁菠菜

【材料】甜杏仁 60 克，菠菜 150 克，香油、盐、味精、白醋、蒜、糖、干红椒各适量。

【做法】先将杏仁炒至熟脆，用刀背轻轻拍碎，备用；菠菜洗净，焯水备用；干红椒切碎，蒜拍碎备用。小锅烧热油，倒在切碎的干红椒上，再倒入醋、盐、糖调成碗汁，把碗汁倒入菠菜上拌匀，最后加入杏仁碎、香油稍拌几下即可装盘。

本药膳具有养血美容、宣肺平喘、润肠通便的功效。适合皮肤干燥、面色无华、肺热咳嗽、肠燥便秘的人群食用。

［杏仁炒蛋］

杏仁炒蛋

【材料】甜杏仁片 30 克，苦瓜 300 克，鸡蛋 3 个，油、盐、糖各适量。

【做法】苦瓜洗净，从中间剖开去瓤，切薄片，用开水焯 2 分钟，沥干备用。鸡蛋磕破，倒入碗中，放少许盐，打匀备用。小火热锅，用适量油把杏仁片稍炒熟，备用；热锅，放适量油，倒入苦瓜，放入适量盐、糖，翻炒至软，倒入蛋液，用铲从边向中间推几下，加入杏仁片，翻炒几下，等蛋成块即成。

本药膳具有清热消暑、消食开胃、止咳润肠的功效。适合夏天食欲不振、容易中暑、肺热咳嗽、肠燥便秘等的人群食用。

木 瓜

呼楙能缓筋

万物无贵贱，见用则皆珍。
一物适一用，致用则在人。
望梅可蠲渴，呼楙能缓筋。
格物俱其理，取效疑于神。
物理有相感，何况人心真。
——清·金衍宗《木瓜·其二》

这首小诗充满了哲理。诗人说道，万物没有贵贱之分，如果善于用之，每一物都是无价的珍宝，都有其不可替代的用处，而物能否尽其用则在于人是不是能够善用之。就像望梅可以止口渴、木瓜能够缓筋急一样。我们需要格物来明白物的特性，在实践中需要开动智慧，才能做到善用物性。物之内的道理可以被感知，人心若是真诚，也能被觉察。诗中“呼楙”中的“楙”指的就是木瓜，并且提及了木瓜的主要功效——缓解筋脉拘挛。

木瓜分为宣木瓜和番木瓜两种。宣木瓜以安徽宣城所产最为著名，《本草纲目》记载：“木瓜处处有之，而宣城者为佳。”故有宣木瓜之称。宣州种植宣木瓜已有一千五百余年历史，早在南北朝时期已定为“贡品”。因此，在全国各地的木瓜品种中，宣木瓜是一枝独秀，极负盛名。宣木瓜性温，味酸。有平肝舒筋、和胃化湿的功效。主治湿痹拘挛、腰膝关节酸重疼痛、吐泻转筋、脚气水肿等病症。番木瓜产于云南等华南之地，常做水果食用，有“万寿果”之称，它味甘，性平，有健脾消食、滋补催乳、舒筋活络、驱虫之功。可治疗食欲不振、产后缺乳、饮食积滞、脘腹疼痛、腰腿酸痛、四肢麻木等症。木瓜中富含木瓜酵素，它不仅可分解蛋白质、糖类，还可分解脂肪，去除赘肉，堪称“减肥佳果”。

木瓜咕噜肉

【材料】木瓜150克，里脊肉150克，鸡蛋1个，盐、油、料酒、胡椒粉、淀粉、糖、番茄酱各适量。

【做法】木瓜去皮，切为两半，取一半将头尾切掉，切块后装入榨汁机中打碎成泥状或者捣碎成泥状，另一半只切成木瓜块即可。鸡蛋磕破，蛋清、蛋黄分离，将蛋清打成蛋液，蛋黄另作他用。将里脊肉洗净，切丝，加入料酒、胡椒粉、盐腌制片刻，加入淀粉、蛋液抓匀。锅里倒入油，将肉丝一根根夹入锅中，煎炸至表面酥脆，捞出备用。锅里留少许底油，倒入木瓜泥，加入糖，小火加热至糖融化。将刚才炸好的肉丝放入锅中搅匀，加入番茄酱，放入木瓜块翻拌均匀即成。

本药膳具有健脾开胃、化湿催乳的功效。适合食欲不振、产后缺乳、饮食积滞、腰膝关节酸重疼痛的人群食用。

［木瓜咕噜肉］

木瓜什锦饭

【材料】木瓜150克，红糙米120克，葡萄干、玉米、青豆、蓝莓干、盐各适量。

【做法】木瓜纵向切开，去除瓜籽和部分果肉，做成木瓜碗。蓝莓、葡萄干、玉米粒和青豆洗净，木瓜肉切丁备用。红糙米提前浸泡1小时备用。把所有材料混合，加适量玉米油拌匀，拌好的米放入木瓜碗中，加少许水，上锅蒸40分钟左右即可。

本药膳具有开胃消食、减肥瘦身的功效。适合食欲不振、消化不良、皮肤粗糙、身体肥胖的人群食用。

大　枣

敢期佳句报琅玕

秋来红枣压枝繁，堆向君家白玉盘。
甘辛楚国赤萍实，磊落韩嫣黄金丸。
聊效诗人投木李，敢期佳句报琅玕。
嗟予久苦相如渴，却忆冰梨熨齿寒。
——宋·欧阳修《寄枣人行书赠子履学士》

这首诗是欧阳修寄枣给友人时写下的，通过读诗，我们可以想见：在庭院里，有一棵高大的枣树，秋天来了，满树的红枣压得枝条弯曲倒垂，仿佛是要折断一样。这满树的红枣是要送给友人的，堆满他家里的白玉盘。这枣子味道甘美，像楚国浮萍结的果实，形状滚圆，虽是果实，但其价值如同韩嫣喜好弹射出的黄金丸。姑且效法一次诗人投桃报李的做法，期待能够得到优美的语句来赞美这仙果。感叹我苦闷太久如同干渴一般，只能靠回忆起那冰梨来慰藉这种渴望了。

俗话说“一日吃三枣，一生不显老”。大枣又称红枣、干枣，鲜枣味甘可口，可作时令水果，亦可加工成枣泥、枣糕、枣粽子、酸枣、蜜枣等各种风味美食；干枣多作药用，可治病延年，据古书记载，有一病人骨瘦如柴，饮食不下，日日腹泻，遍请名医治疗，虽吃尽补药，但病情终无起色，后经一无名和尚指点，其家人每日用红枣粥喂食，月后果然痊愈。李时珍在《本草纲目》中盛赞红枣有润心肺、止咳定喘、补五脏、治虚损、调营卫、缓阴血、生津液、悦颜色等功用。

现代药理学研究发现，大枣中含有蛋白质、糖类、有机酸、维生素 A、维生素 C、多种氨基酸等丰富的营养成分。大枣含有三萜类化合物及环磷酸腺苷，有较强的抑癌、抗过敏作用；还含有抗疲劳作用的物质，能增强人的耐力。

拔丝大红枣

【材料】红枣300克，糯米粉、冰糖、桂花糖、白芝麻各适量。

【做法】红枣洗净，温开水泡2小时。糯米粉加适量水揉成糯米团；将红枣一边切开口，去核；取适量糯米团填入红枣的开口内，填满，上锅蒸熟。冷锅加入冰糖，开火，使其完全融化，关火，将冰糖浆缓慢均匀地浇在糯米红枣上，速度慢的话可使糖浆慢慢冷却后形成丝状。淋上两勺桂花糖，撒上芝麻，即可食用。

本药膳具有健脾开胃、养血安神的功效。适合食欲不振、气血虚弱、心烦失眠的人群食用。拔丝红枣果肉软密，内外拉丝，绵延不断，别有雅趣。

[拔丝大红枣/萱萱·上海]

红枣糯米藕

【材料】红枣60克，莲藕1 500克，糯米300克，冰糖、红糖各60克。

【做法】糯米淘净后再放少许清水浸泡一夜；再冲洗下沥干水；莲藕洗净，用刀在藕的一头连同藕蒂切掉2～3厘米，留作盖子；将泡好的糯米慢慢填入莲藕中，一边填一边用筷子捅结实一点；合上藕盖子，并用牙签固定封口。将冰糖、红糖、红枣和生藕放入锅中，加入清水没过莲藕，加盖；大火煮开后转小火再煮半小时，取出红枣以防破皮影响美观；改用小火，继续慢炖；炖至卤汁不多，藕已熟烂时，再放入熟红枣，转大火收浓汁后关火；最后用凉开水浸泡一夜后取出，拔去牙签；切片装盘即可。

本药膳具有补气健脾、生津止渴、止血调经的功效。适合脾胃虚弱、气血不足、月经提前且量多、便秘等的人群食用。

山 楂

山楂红小腻樱桃

几时莲芡剥橐韬，梨栗新尝又一遭。
谁与秋盘饤春实，山楂红小腻樱桃。
——清·曾习经《岁旱山楂实小堆盘累累如樱桃》

诗的第一、第二句写出什么时候能够莲子、芡实一剥一口袋（橐韬），又能品尝一回新采的秋梨和栗子。第三句疑惑谁用这秋天的果盘端上了一盘春天才能看到的果子？最后一句道出实情：仔细一看竟是如红红的樱桃般大小的山楂。本诗以近乎戏谑的语言写出了对因天气干旱导致收成不好的忧虑和无奈。

山楂作为药食两用的中药材，在古代早已被广泛食用。古人发现在肉汤中若加入山楂，可以使汤不油腻，清新可口。在煮老鸡肉时，加几颗山楂即易烂，说明它有消积肉食的作用。中医古籍《本草经疏》里提到“脾胃虚，兼有积滞者”，山楂“当与补药同施”。就是说，山楂能够助脾健胃，促进消化，为消油腻食、积滞之要药，可以与补益类的食药一同使用。但山楂不能食用太多，如《随息居饮食谱》中说：“多食耗气，损齿，易饥，空腹及羸弱人或虚病后忌之。”意思是山楂吃得太多容易损耗正气，对牙齿不好，又因为有消食作用，使人容易饥饿，所以空腹的时候和身体虚弱的病人不宜食用。

现代研究发现，山楂中含有丰富的酸类物质和解脂酶，入胃后能增强酶的作用，又可以中和肉类中的胺类物质，从而去除腥膻味，增加肉汤的鲜味，使汤鲜透滑嫩；还能促进肉食消化，有助于胆固醇转化，钙质也在微酸的肉汤中容易溶解，便于吸收。

山楂肉片

【材料】鲜山楂 90 克，猪后腿肉 180 克，鸡蛋 2 个，淀粉 15 克，面粉 15 克，猪油 15 克，植物油 450 克，白糖 120 克，盐、味精少许，清汤适量。

【做法】将山楂煮水，并提取山楂浓缩汁 120 毫升；后腿肉切成薄片；将鸡蛋打孔，倒出蛋清，将蛋清、淀粉放入碗内，用筷子调成白糊，再加入面粉和匀待用。锅中加入植物油，烧至五成热，将肉片逐片蘸糊下锅炸制，见肉片胀起呈黄白色时，起锅滤油。再将锅放在火上，添水拌匀，加入白糖，用勺炒搅，见糖汁浓时，再加入山楂浓缩汁和猪油少许，用勺搅匀，随后将炸好的肉片下锅，多翻几次，见红汁包住肉片时即成。

本药膳具有消食开胃、健脾滋阴的功效。适合脾胃虚弱、消化不良的小儿或老人食用。

山楂仔排

【材料】鲜山楂 15 个，猪肋排 450 克，葱、姜、糖、生抽、蚝油适量。

［山楂仔排］

【做法】首先将山楂去核；烧一锅沸水加一勺料酒，猪肋排汆水焯，然后捞出洗净；热锅后倒油翻炒葱、姜，再倒入猪肋骨，一起中火炒到猪肋骨略微变黄后盛出备用，锅中只留底油；转中小火，将糖倒进，炒到褐色；将猪肋排倒入翻炒 1 分钟，倒 500 毫升清水、2 勺生抽、1 勺蚝油和去核山楂，大火煮沸后转中火焖煮 20 分钟；揭盖，转小火煮到收汁，关火即可。

本药膳具有健脾开胃、补中益气的功效。适合胃口不开、气虚乏力的人群食用。药膳中山楂的果香给肋排注入了酸甜的口感，入口黏稠又温柔，给食用者些许甜蜜温暖的感觉。

陈　皮

寒月冲帘薄

寒月冲帘薄，空阶似水凉。
橘皮消酒气，栗尾乱书床。
校拇人高下，踏歌调短长。
自知非饮客，亦不喜欢场。
——明·袁宏道《小集吴嗣仙斋头》

本诗描写诗人在和好友集会之后回到家中抒发的感慨。冰凉洁白的月光穿透薄薄的窗帘照入屋内，望着空空的台阶如水一般冰凉，饮一杯橘皮水消解一下酒气，用鼬鼠毛做成的毛笔在临帖习字的文具乱写乱画。如人的五指一样有长有短，人亦有高下之分，踏歌(词牌名)的调子也有长短高低。知道自己不是嗜酒之人，也并不喜欢热闹的场合。写出了诗人不喜集会却不得不去，故而回到冷清的家中又不免失落的矛盾心情，陈皮虽能解酒却解不掉这满腔的忧愁。

陈皮是我们平时所吃的橘子的皮，在我国的使用历史非常悠久，是人们喜爱的养生食材，不仅能入药，还能做菜、泡茶、煮粥、煲汤等，可谓是养生的“百搭小能手”。陈皮似人，随着时间的流逝，越老越丑，就如同岁月渐老的人生，繁华渐渐淡去，美丽的容颜消逝。但是，在得与失的转换中，人生慢慢沉淀，变得温和、低调，酝酿出了绝美的味道和价值。在民间，百年老陈皮有“一两陈皮一两金”的说法。《神农本草经》中记载陈皮具有行气理气、健脾和胃、止咳化痰等功效。可以应对胸脘胀满、食少吐泻、咳嗽痰多等病症。我们在烹调鱼、肉之类荤菜时，加入一些陈皮，不仅借助药力充分发挥其营养价值，还可以去腥解腻、提鲜增香。

现代研究表明，陈皮含有以柠檬苷和苦味素为代表的类柠檬苦素，这种类柠檬苦素味平和，易溶解于水，有助于食物的消化。

陈皮酥鸡

【材料】陈皮 15 克，小公鸡 1 只，卤汁、葱、姜、花椒、糖、味精、盐各适量。

【做法】将公鸡宰杀、去毛及内脏，洗净。放入锅中，加入切碎的陈皮、葱、姜、花椒、盐等，煮至鸡六成熟时，捞出放凉；再将鸡、卤汁放入锅内，用文火煮熟，取出；将卤汁加糖、味精、食盐等，用武火收浓汤汁，涂抹在鸡皮上。锅中放植物油烧至九成热时，先将余下的陈皮下锅炸酥，再将鸡反复用炸陈皮的油淋烫，至鸡皮呈红亮色时取出，再抹上麻油，斩成块状即成。

本药膳具有温中益气、燥湿健脾的功效。适合胸腹胀满、不思饮食、恶心呕吐的人群食用。

［陈皮酥鸡／康祺妈·上海］

陈皮鸽松

【材料】陈皮 15 克，鸽脯肉 240 克，西芹 120 克，马蹄 60 克，香菇丁 60 克，虾皮、芝麻、葱、姜、蒜蓉、猪油、香油、盐、酱油、醋各适量。

【做法】将芝麻炒熟，陈皮洗净、泡软、切碎，西芹、马蹄洗净切丁，备用。鸽肉切黄豆粒大小，并加酱油、盐稍腌制入味。虾皮用热油炸好捞出。另起锅，用热油将乳鸽粒炒至八成熟，倒入芹菜丁，炒熟倒出。锅中放猪油，炒香葱、姜、蒜蓉，倒入鸽肉丁、香菇丁、马蹄、陈皮，调味，淋醋、香油，倒入盘中，撒上芝麻，把熟虾片围在鸽松旁边即可。

本药膳具有滋补肝肾、理气健脾、消食开胃的功效。适合脾胃虚弱、消化不良、食欲不振、腰膝酸软、肝气不舒的人群食用。

佛手

香分肉麝脐

春雨空花散，秋霜硕果低。
牵枝出纤素，隔叶卷柔荑。
指竖禅师悟，拳开法嗣迷。
疑将洒甘露，似欲揽伽梨。
色现黄金界，香分肉麝脐。
愿从灵运后，接引证菩提。
——明·多炡《咏宗良兄斋头佛手柑》

本诗描写了佛手从春天开花到秋天果熟蒂落的全过程。第一句描写春雨过后，佛手花应雨落散，随风而逝，秋天到来霜降之后枝头硕果累累。第二句至第五句描写了佛手的形态、颜色、气味等，形象生动传神，纤细的枝头挂着一只只金黄色的“手掌”，“手指”形态各异，如上天赐予的神物，如普洒甘露之佛陀之手。最后一句描写了作者的一种幻想，认为此株佛手可以指引人们证道。

佛手色泽金黄，形似人手，形美而气味清香。《本草纲目》中对“佛手”有这样的描述：“虽味短而香芬大胜，置笥中，则数日香不歇。寄至北方，人甚贵重。”“其味（指舌尝）不甚佳而清香袭人。”意思说佛手香气四溢，放在竹篓里，留香持久，可持续数日。又提到：“南人雕镂花鸟，作蜜煎（饯）果食置于几案，可供玩赏。若安芋片于蒂而以湿纸围护，经久不瘪。”就是说南方人常拿佛手做装饰把玩，置于客厅或卧室，让人感到妙趣横生，堪称观赏珍品，而且又能够做成蜜饯果子食用。《滇南本草》中载佛手：“补肝暖胃，止呕吐，消胃寒痰，治胃气疼痛。止面寒疼，和中行气。”中医学认为佛手有理气化痰、止呕消胀、疏肝健脾和胃等多种药用功效，其根、茎、叶、花、果均可入药。

佛手炒肉

【材料】佛手 1 个，精肉 120 克，鸡腿菇 150 克，葱花、姜丝、豆瓣酱、盐适量。

【做法】将精肉切细丝，佛手和鸡腿菇切片。锅内放油烧热，放入肉煸炒，再加入葱花、姜丝等材料，炒至肉变色；放入鸡腿菇，继续煸炒；再放入切好的佛手；最后放入豆瓣酱，大火炒至熟，加入盐调味即可。

本药膳具有理气和胃、清心安神的功效。适合有肝气不舒引起的胃痛、胃胀、失眠等症状的人群食用。

[佛手炒芹菜]

佛手炒芹菜

【材料】佛手 1 个，芹菜 240 克，盐、花椒、油、葱、姜适量。

【做法】将佛手洗净，切丝；芹菜去叶，洗净，切小段。锅里倒植物油，油热之后，倒葱、姜、花椒煸炒出香气，倒佛手丝、芹菜翻炒，待熟了之后放盐调味即可。

本药膳具有清热平肝、理气开郁的功效。适合有头目眩晕、脘腹胀满等症状的人群食用。

银　杏

玉纤雪腕白相照

鸭脚半熟色犹青，纱囊驰寄江陵城。
城中朱门韩林宅，清风明月吹帘笙。
玉纤雪腕白相照，烂银破壳玻璃明。
——宋·张无尽《咏银杏》

诗中“鸭脚”由银杏树的叶子形似鸭脚而得名，此处代指银杏果，半熟的银杏果还透着青色，便被摘下，以纱织的袋子快马加鞭地寄到江陵城。城中富贵人家韩林的府邸，正是夜里，清风吹，明月照，有人在吹笙，似在等候着什么。银杏送至时已经不是原来的“色犹青”，变成“玉纤雪腕白相照”，弄破包衣，打碎种壳后出现一粒晶莹剔透如琉璃一样的果子。可见古人早已有食用白果的习惯，而且还是富人家里才能得到的稀罕物，才会有诗词来赞美它。

银杏，又名白果，古代人见银杏结实落地，果肉烂没，只留种仁，色白如银而得名。至明朝时白果之名大盛，被李时珍收入《本草纲目》。中医学认为银杏性平，味甘、苦、涩，有小毒，可敛肺气、定喘嗽、止带浊等。银杏属于药食两用中药，其食疗作用古代已经记载。现在银杏的食法主要有烤食、煮食、炒食和配菜等，与肉煮称“长生肉”，与枣烧称“长生饭”。

现代研究表明，银杏果仁除含有淀粉、蛋白质、脂肪之外，还含有维生素 C、核黄素、胡萝卜素、钙、磷、铁、钾、镁等元素以及银杏酸、白果酚等成分，营养丰富。

银杏味道虽好，但若用量和食法不当，会引起中毒（主要指食量过大的情况）。为了预防银杏中毒，熟食、少食是其根本方法。生食必须要去壳、去红软膜、去心（胚芽），成人一天服用 3～6 粒，小儿 1～3 粒。熟食一天不超过 10 粒为宜。

银杏鸭

【材料】新鲜银杏30粒，鸭1只，猪油450克，胡椒粉、料酒、鸡油、姜、葱、食盐、味精、花椒、清汤、淀粉各适量。

【做法】将银杏去壳放入锅内，用沸水煮熟，捞出，去皮膜，切去两头，去心，再用开水焯去苦水，在猪油锅中炸一下，捞出待用。另将鸭洗净，去杂，用食盐、胡椒粉、料酒将鸭身内外拌匀后，放入盘内，加入姜、葱、花椒，上笼蒸1小时取出。拣去姜、葱、花椒，用刀从背脊处切开，去净全身骨头，铺在碗内，齐碗口修圆，修下的鸭肉切成银杏大小的丁颗，与银杏拌匀，放于鸭脯上。将原汁倒入，加汤，上笼蒸30分钟，至鸭肉烂熟，即可入盘。最后在锅内掺入清汤，加入余下的料酒、盐、味精、胡椒粉，用水豆粉少许勾芡，放鸡油少许，浇于鸭上即成。

本药膳具有滋阴养胃、利水消肿、止咳定喘的功效。适合胃口不开、阴虚咳嗽、哮喘、水肿的人群食用。注意，成人每次食用熟银杏不超过10粒。

［银杏鸭/刘莉·成都］

银杏蛋

【材料】新鲜银杏2粒，鸡蛋1个，面粉适量。

【做法】将银杏去壳放入锅内，用沸水煮熟，捞出去皮膜，切去两头，去心，然后将银杏研细后备用；鸡蛋大头磕破，开一小孔，装入研后的银杏，用面糊住小孔，再用面团包裹后放到炭火上烤熟食用。

本药膳具有健脾止泻的功效。适合脾胃虚弱、大便偏软的人群食用。

桂　圆

香剖蜜脾知韵胜

幽株旁挺绿婆娑，啄咂虽微奈美何。
香剖蜜脾知韵胜，价轻鱼目为生多。
左思赋咏名初出，玉局揄扬论岂颇。
地极海南秋更暑，登盘犹足洗沈疴。
——宋·刘子翚《龙眼》

这首诗是诗人赞美桂圆而作。眼前的龙眼树很大，树干挺拔，枝叶绿油油的。果子小小的，一簇一簇，其仁似鱼目，吮吸一口，味道甜美。龙眼因西晋左思《三都赋》赋咏之而出名，宣扬开于四川玉局，出产于海南琼山、文昌者为佳。这果实不仅可以盛在果盘中作珍果食用，而且可入药，去除久治不愈之病。诗人食之，感慨良多，遂写诗赞美之。

桂圆皮呈青褐色，去皮则剔透晶莹，隐约可见肉里红黑色果核，极似眼珠，故又有“龙眼”之名。桂圆是原产于我国的珍果，已有2000多年历史。班固的《汉书》上就记载了朝廷给前来觐见的远方使者赠送龙眼、荔枝等作为回馈的史实。历史上有“南桂圆，北人参”之说，《神农本草经》中记载桂圆：“久服强魂聪明，轻身不老，通神明。一名益智，生山谷。”明代李时珍也有“资益以龙眼为良”的评价。可见，桂圆是滋补益智、安神延年的佳品。中医学认为桂圆肉有补虚扶羸、养血益心、定志安神、润肤美容等功效，对气血亏虚之失眠健忘、头晕目眩、惊悸怔忡等症有很好的疗效。

现代研究显示，龙眼肉富含蛋白质、糖类、有机酸、粗纤维及多种矿物质、维生素等成分，有抗衰老、提高身体免疫力、抑制肿瘤细胞、调节血脂等作用。

桂圆烧羊腩

【材料】羊腩肉600克，桂圆肉60克，山药60克，胡萝卜120克，葱、姜、油、料酒、陈皮、香叶、八角、白芷、生抽、老抽、盐、冰糖各适量。

【做法】桂圆肉洗净；山药洗净，削皮，滚刀切块；胡萝卜洗净，滚刀切块。先将山药、胡萝卜用油炸至外层泛黄、成硬壳，即可捞出控油，备用。羊腩洗净切块，用加了料酒、姜片的水焯2分钟，捞出后用清水冲净血沫、控水，备用。锅内加入油，下葱段、姜片、八角等炒香，加冰糖、生抽、老抽炒出红色，下羊腩肉，中火炒2分钟，加适量开水，倒入桂圆肉、胡萝卜块、香叶、料酒、陈皮等大火烧开，小火慢炖1小时。加山药块继续烧5分钟左右，至山药熟透后，加盐调味即可。

本药膳具有养血安神、健脑益智、温养心脾的功效。适合体质虚弱、易于感冒、手足发凉、失眠健忘、气血不足的人群食用。

桂圆蒸牛蒡

【材料】桂圆肉60克，牛蒡300克，红枣、蜂蜜各适量。

［桂圆蒸牛蒡］

【做法】桂圆肉洗净，牛蒡去皮，切丝，浸入水中备用。锅里放冷水，水温稍热，放入牛蒡丝，煮沸，捞出，放入冷水中待用。红枣用清水浸泡15分钟，用小刷子刷洗干净，去核，切段待用。将桂圆肉放入蒸碗中，铺底，盖一层牛蒡丝，一层红枣，再码一层桂圆肉，一层牛蒡，一层红枣，最后淋上蜂蜜。放入蒸锅，蒸5分钟，入味，取出，装盘即可

本药膳具有养血安神、疏风利咽的功效。适合气血不足、心烦失眠、咽喉不利的人群食用。

余甘子

霜后明珠颗颗

庵摩勒，西土果，霜后明珠颗颗；
凭玉兔，捣香尘，称为席上珍。
号馀甘，争奈苦，临上马时吩咐；
管回味，却思量，忠言君试尝。
——宋·黄庭坚《更漏子》

这首词介绍了一种名为“庵摩勒”的果子，非中原原产，长得跟蒙了一层白霜似的半透明的珍珠一样，味道酸甜可口，堪比月宫玉兔所捣的仙药一样香甜，被人们称为“席上珍馐”一点都不过分。此果又名“馀甘”，因其味道先酸后甜，在临行前才记得道破此种奥妙。无论何时品尝，令人回味无穷，记得临行前的忠告，才请君品尝这人间美味。在古代此果甚不易得，而它的美味又令人垂涎，足见其珍贵。

余甘子，其果鲜食酸甜酥脆而微涩，回味甘甜，故名“馀甘”。《本草纲目》中称余甘子“久服轻身，延年长生”，轻身延年即现在所说的抗衰老、助长寿，而且余甘子可以久服。《本草纲目拾遗》补充其功效曰：“取子压取汁和油涂头，生发，去风痒，初涂发脱，后生如漆。”可见其还具有生发、乌发的功效。《中国药典》记载，余甘子有清热凉血、消食健胃、生津止咳的功效。

现代药理研究表明，余甘子果实中含有黄酮类化合物、维生素 A、维生素 B_1、维生素 B_2、维生素 C、胡萝卜素等，尤其富含维生素 C，是苹果中维生素 C 含量的 160 倍，同时也是柑橘含量的 100 倍，仅次于水果“维生素 C 之王”的刺梨。更可贵的是，余甘子果实中所含维生素 C 在高温下十分稳定。

余甘子猪肉煲

【材料】余甘子 9 枚，猪瘦肉 150 克，蜜枣 3 个，生姜 3 片，盐、料酒。

【做法】余甘子洗净备用；猪肉切块，沸水氽一下捞出，洗净备用；蜜枣去核备用。将余甘子、肉、蜜枣、生姜一起放进瓦煲内，加入少量料酒，加清水 1 800 毫升，武火煲沸后，改为文火煲 1 个小时，待汤汁收尽，调入适量食盐即可。

本药膳具有除烦生津、甘润益气的功效。适合有干嗽、消化不良、失眠等症状的患者食用。

余甘子炖海螺

【材料】余甘子 9 枚，鲜海螺肉 180 克，生姜 3 片，盐、料酒适量。

【做法】余甘子洗净，蜜枣去核；鲜海螺肉用盐水洗净，切薄片状。将上述食材一起与生姜放进炖盅内，加少量料酒，加冷开水 1 200 毫升，加盖隔水炖 2.5 小时，调入食盐即可。

本药膳具有清热利咽、滋阴润燥、补益明目的功效。适合有咽部干痒、眼干、眼涩、眼疲劳、干咳的人群食用。

花　椒

涂壁香凝汉殿中

欣忻笑口向西风，喷出元珠颗颗同。
采处倒含秋露白，晒时娇映夕阳红。
调浆美著骚经上，涂壁香凝汉殿中。
鼎饪也应知此味，莫教姜桂独成功。
——宋·刘子翚《花椒》

这首诗描写了花椒的形态及其功用，生动传神，仿佛那颗颗花椒就在眼前。看着那花椒树上一颗颗花椒张着笑口，迎着西风，好像很欣喜的样子，凸出的那圆圆的珠子一个个都跟孪生的似的一模一样。刚采下来的花椒仿佛含着露水一样，晒干之后的却像那夕阳一样艳红。《离骚》中记载了花椒用于调味，汉代宫殿里用含有花椒的涂料装饰墙壁，香气久久不散。在做菜的时候不能只用生姜、肉桂之类的香料，加入一些花椒，会别有一番滋味。

花椒作为一种日常烹饪中必不可少的食用香料，大家都很熟悉，也很容易获得。但可别小看了花椒，它不仅能丰富菜肴的味道，还具有许多神奇的养生保健功效。《本草纲目》中记载："椒，纯阳之物，其味辛而麻，其气温以热。入肺散寒，治咳嗽；入脾除湿，治风寒湿痹，水肿泻痢；入右肾补火，治阳衰溲数，足弱，久痢诸证。"中医学认为花椒性温、味辛，有温中散寒、健脾祛湿、补火助阳的功效，寒湿体质的人可以通过花椒来进行调理，其中最为常见的方法便是食用或者煮水泡脚。花椒还具有很好的止痛功效，如在牙痛难以忍耐时，将适量的花椒放在牙痛的部位嚼一下，疼痛会得到一定的缓解。

花椒中的芳香物质，能促进口腔中唾液分泌，同时还能加快肠道蠕动，所以对于那些食欲不振、消化不良、容易积食的人而言，适当吃点花椒是极好的选择。

花椒麻香鸡

【材料】花椒30克，笨鸡（柴鸡）600克，油、味精、盐、姜、葱、干辣椒、酱油、醋、葱、熟芝麻各适量。

【做法】将笨鸡宰杀，去毛及内脏，整鸡放入开水锅内煮至九分熟捞出，剁成块。把鸡皮朝下在碗内，逐块摆放整齐，劈成两块的鸡头和碎鸡块及姜、葱放在上面。用油在武火上炸焦花椒、辣椒，连油一起倒进盛有鸡块的碗里，将酱油、醋、盐、味精、熟芝麻等一起调匀，也倒进盛有鸡块的碗里即成。

本药膳具有除湿健胃、温中散寒的功效。适合食欲不振、呕吐清水、腹部冷痛的人群食用。

［花椒麻香鸡/小丑鱼·遵义］

花椒炒鸡蛋

【材料】花椒15克，鸡蛋3个，油、盐各适量。

【做法】先将花椒捡去椒目，热锅稍炒，用石臼研细末，备用；鸡蛋磕破，倒入碗中，打匀，备用。在锅内放入适量油，待油熟后放入花椒粉，略炒片刻，倒入鸡蛋液，翻炒成块，加盐，再翻炒一会，蛋熟即成。

本药膳具有温中散寒、补火助阳的功效。适合虚寒腹痛、腰膝冷痛、寒湿体质的人群食用。

荷　叶

鸳鸯密语同倾盖

碧圆自洁。向浅洲远渚，亭亭清绝。
犹有遗簪，不展秋心，能卷几多炎热。
鸳鸯密语同倾盖，且莫与、浣纱人说。
恐怨歌、忽断花风，碎却翠云千叠。
——宋·张炎《疏影·咏荷叶》

这首词约作于南宋覆灭时期，作者隐居浙江。此处摘录的上阕，写荷叶神态，“碧”“圆”，是荷叶的形象；“洁”，是荷叶的特点；“洲”“渚”，是荷生长的环境；“亭亭”，是它的风姿；“清绝”，是它的品格。形神兼备，芳姿清品令人精神为之一爽。“鸳鸯密语同倾盖”美如有声画幅，情味至浓。“且莫与”以下几句抒写作者对荷叶的无限爱惜之意。

荷叶的观赏性很高，同时它也可以做成药膳。夏季，荷叶铺满池塘，承接着阳光雨露。鲜荷叶以其水生的特性决定了它有清解暑热、祛湿利尿的作用，在《本草再新》中便有荷叶能“清凉解暑，止渴生津”的记载，对湿热体质、易患中暑、肠炎、眩晕等病的人有一定的帮助。另外，《本草通玄》中则说荷叶可“开胃消食”，故把荷叶摘下晾干，做药膳时加入一些，可以起到升发元气、助脾开胃的作用，能够解决头身困重、消化不良等人群的困扰。

现代药理研究表明，荷叶含有荷叶碱、亚美罂粟碱、甲基乌头碱等多种生物碱以及槲皮素、柠檬酸、苹果酸、鞣质等成分，有降血压、降血脂和减肥等功效。

荷叶煮兔丁

【材料】干荷叶3张，兔肉450克，生姜5片，盐、酱油、醋、香油各适量。

【做法】将荷叶洗净，切成10厘米×6厘米的片，与生姜片一同放入锅内。将兔肉洗净，切成大块，放入锅内。加适量冷水、盐，用武火将水烧开，再改成小火炖煮。煮熟后将兔肉捞出，切成细丁，加酱油、醋、香油调匀，盛入盘内即可食用。

本药膳具有补脾益气、清热化湿的功效。适合湿热体质、脾胃虚弱、消化不良的人群食用。荷叶的清香加上嫩烂的兔肉，味美可口，令人流涎。

[荷叶粉蒸肉有鲜荷叶的话更美]

荷叶粉蒸肉

【材料】鲜荷叶3张，五花猪肉450克，炒米粉120克，酱油、料酒、味精、花椒适量。

【做法】将五花肉切成大小均匀的长条，加入料酒、酱油、花椒、味精、白糖拌匀后腌制半小时，然后加入炒米粉拌匀待用。再将每张荷叶切成小方块，每块荷叶上放一块肉和少许米粉，将其包好，放在盘中上屉蒸烂即成。

本药膳具有开胃消食、健脾祛湿的功效。适合体虚脾弱、易为暑湿所伤，而致食欲不振甚或泄泻等症的人群食用。荷叶的清香配合其降脂的作用，使五花肉肥而不腻，米粉软糯可口，甚是美味。

果部

蜀椒

主温中，祛寒湿

木部

肉　桂

细酌敢谋长袖舞

憔悴谁能赋大招，会将菌桂杂申椒。
巷南邻里频相过，水北山人讵可邀。
细酌敢谋长袖舞，苦吟空咏寸岑遥。
耕耘赖有陶潜妇，不羡孙郎对大乔。
——宋·谢薖《次韵无逸兄见寄》

这首诗写出了诗人生活虽清苦，但却能够自得其乐，很是惬意。在身体瘦弱乏力的时候谁还有力气能够吟诵《楚辞·大招》篇？应该把肉桂和申椒这两种香木带在身上以除秽驱疾，哪管《离骚》把喜欢这种香木的当作小人。邀请志同道合的朋友来家里喝酒吟诗，兴起时还能舞上一段。家里有个贤惠的妻子陪伴左右，操持家务，日子过得很充实，并不羡慕孙策与大乔那种生活。

肉桂又名玉桂、牡桂、菌桂、桂皮，气味芳香，可作香料、食材和药用。中国人喜欢拿肉桂来炖肉、煲汤，它能够去除肉中的腥臭味，使肉食更美味，汤品更醇厚。而西方人则将肉桂打粉，用作西式烹饪及烘焙的香料，如霜饰、蛋糕、小西饼等，能为菜肴及甜品增添辛香甘甜。除做食用外，肉桂也是一味神奇的中药。中医学认为，肉桂具有补元阳、暖脾胃、除积冷、通血脉的功效，对脾胃虚寒、腰膝软弱、夜尿频多、阳痿宫冷、下元虚衰、滑精早泄、虚喘心悸等病症有较好的疗效。

现代药理研究表明，肉桂中的主要成分具有促进血液循环、降低血压、增强消化功能、提高免疫力、促进体内糖代谢等作用。

肉桂焖牛肉

【材料】肉桂12克，巴戟天9克，牛肉150克，生姜、花椒、八角、香叶、盐、油各适量。

【做法】先将肉桂、巴戟天、生姜、八角洗净；牛肉洗净，切大块。热锅，倒入油，下生姜、八角、花椒，炒出味，下牛肉炒至五成熟，加入肉桂、巴戟天、香叶，倒入清水适量，盖上盖子，用武火煮沸后，文火焖2个小时，然后收汁，加盐调味即可。

本药膳具有温补肾阳、健脾开胃的功效。适合腰膝酸软、手足畏寒、食欲减退、腹冷喜暖、大便软烂的人群食用。

肉桂粉蒸肉

【材料】肉桂9克，大米60克，糯米30克，五花肉300克，小茴香、八角、花椒、盐各适量。

【做法】①制作蒸肉粉：先将大米和糯米淘洗干净，浸泡1晚。将肉桂、小茴香、八角、花椒洗净，晾干，稍打碎。点火把锅烧得滚烫（不要放油），把米放进去用小火翻炒加热，米的颜色逐渐发生变化，用手轻轻摸上去感觉滚烫，这时再加入肉桂、小茴香、花椒、八角一起炒，炒到米粒看起来有点膨胀甚至开花，香气大出时停止。将炒好的米和其他调料一起捣碎、研细，制成蒸肉粉。②制作粉蒸肉：将五花肉洗净，切薄片；蒸肉粉中加入少量水，放入切好的五花肉薄片，撒入盐，一起搅拌均匀，使五花肉上均匀沾满蒸肉粉，装盘，放入笼屉内。坐锅，开大火蒸上1个小时，即成。

本药膳具有补中益气、健脾开胃、温肾助阳的功效。适合气虚乏力、食欲不振、胃脘冷痛、畏寒怕冷、手足不温、夜尿频多、腰膝酸软的人群食用。

丁　香

庶近幽人占

丁香体柔弱，乱结枝犹垫。
细叶带浮毛，疏花披素艳。
深栽小斋后，庶近幽人占。
晚堕兰麝中，休怀粉身念。
——唐·杜甫《江头四咏·丁香》

这首诗描绘了丁香花盛开的景象，诗人沉浸在花香之中不能自拔。丁香花树干看起来非常柔弱，而且那一簇簇的花朵压在枝头，仔细看去，那小小的萼片上有一层毛茸茸的浮毛，就像是给花穿上了一件素色的衣裳。丁香花树种在了书房的后面，只有那些喜好僻静的人才能够欣赏到，打开书房的窗，嗅着这后院的花香，晚上仿佛是沉浸在兰麝的香味之中，嗅着这神仙才能享受的香气，即使是现在生命结束了也无怨无悔呀。

中药丁香和诗中的丁香花并不是一个品种，但却同样有着令人着迷的香气，这也许是同为“丁香”之名的原因吧。中药丁香是以丁香树的花蕾入药，因为它的形状像“丁”字，而且又有浓郁的香味，故称公丁香，又叫“丁子香”，又因为花蕾干燥后酷似鸡舌，所以又叫“鸡舌香”。丁香因其香气浓郁，还有一个特别的作用，就是去除口臭。有记载说古代的大臣在朝见皇帝时，口中往往含一枚丁香，以防口臭熏恼了万岁爷。如宋代沈括的《梦溪笔谈》中就记载：三省故郎官口含鸡舌香，“欲上奏其事，对答，其气芬芳”。丁香味辛，性温，可温中降逆、散寒止痛、暖肾助阳，入药膳，还有解酒肉、鱼蟹、瓜果之毒的作用。例如，冷螃蟹和贝类较为寒凉，且含有少量的毒素，还有寒湿太重的瓜果，食用的时候用丁香煮，或者嚼一颗丁香，能够暖胃驱寒解毒，让人吃出健康来。

丁香鸭子

【材料】鸭子900克，丁香9克，白菜心120克，西红柿90克，植物油600克，酱油、料酒、葱、姜、香油、精盐、味精、白糖、胡椒面各适量。

【做法】鸭子洗净，沥干水分；白菜心、西红柿洗净，葱切段，姜切片。鸭子用料酒、酱油、盐、白糖、胡椒面、丁香、葱、姜、味精拌匀，腌渍入味（约2小时）。把鸭子取出，用钩子钩住，挂在透风处晾干，待鸭皮晾干后，把腌鸭子的调料塞入鸭腹内，上蒸笼用旺火蒸烂取出，拣去葱、姜。白菜洗净，切成细丝，放上白糖、醋、香油，拌匀入味，围在盘子边上，西红柿洗净后切成厚片，围在盘边白菜外圈。锅中加入植物油，烧热，把鸭子放入，炸透至皮酥，捞起，剁成块，摆放在盘中即成。

本药膳具有滋肾补阴、暖胃生津的功效。适宜食欲不振、心烦口渴、疲乏无力、胃中呃逆、腰膝酸软的人群食用。

丁香炖梨

【材料】大雪梨1个，丁香3枚。

【做法】在雪梨中间切1个正方形小孔，丁香擦干净，敲碎成粗末，然后塞入雪梨孔封好，用碗装好。锅内放水，武火煮开，放入用碗装好的雪梨，转文火隔水炖1小时即可。去雪梨皮后，吃雪梨、丁香。

本药膳具有暖胃止呕、润肺止咳的功效。适合脾胃虚寒、恶心呕吐、口淡流涎、食少腹胀、干咳少痰的人群食用。

山茱萸

芳排红结小

万物庆西成，茱萸独擅名。
芳排红结小，香透夹衣轻。
宿露沾犹重，朝阳照更明。
长和菊花酒，高宴奉西清。

——唐·徐铉《茱萸诗》

这首诗细致描写了山茱萸的形态，抒发了诗人对山茱萸别样的喜爱之情。秋天的时候，万物庆祝着丰收，山茱萸最是特别。红色的小果子排成排，香味透过果皮轻轻散发出来。昨晚的露珠沾上它之后似乎增加了它的重量，朝阳照在它的身上，更显明亮。常常与菊花酒一同出现在盛大的宴会上，又可被插在清静的西厢做点缀。不得不赞叹诗人观察之入微，透过文字将山茱萸的美感尽现，真实得似乎可以触摸到，让人觉得这红色的小果子如吹弹可破般莹润可爱。

提到山茱萸，便想起一种家喻户晓的中成药——六味地黄丸，山茱萸便是这组方中不可或缺的一味主药。山茱萸，又名山萸肉、蜀酸枣、药枣，它先开花后萌叶，一到了秋天，满树挂满累累红果，绯红欲滴，艳丽悦目。中医学里讲山茱萸具有滋补肝肾、涩精止汗、固经止血的作用，对肝肾不足引起的头晕目眩、耳鸣、腰膝酸软、妇女体虚、月经过多等症有很好的疗效。山茱萸的果实不仅仅可以入药，还能够食用，可加工成饮料、果酱、蜜饯及罐头等多种食品，或者制作成药膳，美味又养生。

现代研究表明，山茱萸具有强心、抗炎、抗菌、抗氧化等作用，还可以提高耐缺氧、抗疲劳能力，增强记忆力。其醇提物还有降血脂作用，可降低血清甘油三酯、胆固醇的含量，防止动脉硬化。

萸肉炒田蔬

【材料】山萸肉15克，香肠2根，西蓝花60克，西芹60克，玉米粒30克，胡萝卜60克，红辣椒、花椒、油、盐各适量。

【做法】将山萸肉洗净，泡发备用。香肠切丁，西蓝花洗净切块，西芹洗净，摘去叶子，切小段，胡萝卜洗净切丁，玉米粒煮熟，红辣椒切碎。锅中倒入油，下红辣椒、花椒、香肠炒香，将山萸肉、西蓝花、西芹、玉米粒、胡萝卜倒入锅中翻炒拌匀，炒至菜熟，加入盐调味即成。

本药膳具有补益肝肾、涩精敛汗的功效。适合有腰膝酸软、盗汗、遗精、高血压的人群食用。

［萸肉炒田蔬／小李·上海］

萸肉炖猪肝

【材料】山茱萸15克，猪肝300克，枸杞15克，黄芪30克，葱、姜、盐各适量。

【做法】取山萸肉、枸杞、黄芪稍浸泡，洗净备用；葱切断，姜切片；猪肝稍浸泡，洗净，切块状。将全部材料一起放进瓦煲内，加入清水1 500毫升，武火煲沸后，改为文火煲2.5小时，调入适量食盐便可。

本药膳具有补气养血、滋养肝肾的功效。适合有气虚乏力、头晕、目眩、耳鸣、腰酸、遗精、遗尿、虚汗不止、小便频数等症状的人群食用。

枸杞子

椿岁小无穷

深锁银泉甃，高叶架云空。
不与凡木并，自将仙盖同。
影疏千点月，声细万条风。
迸子邻沟外，飘香客位中。
花杯承此饮，椿岁小无穷。
——唐·孟郊《井上枸杞架》

这首诗意境悠远，读之如身临其境一般：远远地看到一株树根深植于井砖旁的枸杞，高高的枝干架于井上，高大若直插云霄一般。它傲然的姿态，不屑与普通的树木长在一起，而把自己等同于仙人的华盖。枸杞树的枝叶太过繁茂，树架下的月影稀稀疏疏，又如轻抚枝条般轻柔细风。看那满树垂挂着的火红的枸杞子，偶尔有几颗调皮地迸到邻近的沟渠外，清幽的甜香萦绕在宾客的座位间。摘下几颗枸杞子泡在水杯中饮下，如饮琼浆玉露，让人感觉自己像是可以长生不老般，时间永无止境(椿岁，典出《庄子集释》，是“上古有大椿者，以八千岁为春，八千岁为秋”，后用以比喻长寿)。

枸杞的栽培与食用，渊源久矣。晋代葛洪在《抱朴子·内篇·仙药》记载：“上药(枸杞子)令人身安命延，升为天神，遨游上下，使役万灵，体生羽毛，行厨立致……”把枸杞子列为仙药，认为久服可以“轻身不老，成仙升天”，可见其补益功用之大。中医学认为枸杞子具有滋补肝肾、益精明目的功效。《本草经疏》云：“枸杞子，润而滋补，兼能退热，而专于补肾、润肺、生津、益气，为肝肾真阴不足、劳乏内热补益之要药。老人阴虚者十之七八，故服食家为益精明目之上品。”常用于虚劳精亏，腰膝酸痛，眩晕耳鸣，内热消渴，血虚萎黄，目昏不明等肝肾阴虚证。另外，枸杞的花、叶、根都可作药用。

枸杞子黄芪手撕鸡

【材料】枸杞子 60 克，黄芪 60 克，鸡 1 只（约 600 克），葱、姜、盐各适量。

【做法】将枸杞子、黄芪洗净，葱切段，姜切片，放入不锈钢锅内。将鸡洗净剁成两半，放入锅内，加水 1 000 毫升，熬煮约 1 小时，待温时，捞出，用手撕成均匀大小，撒盐调味，装盘，即可。分 3 日吃完，早晚趁温服食。

本药膳具有益气血、填精髓、补气升阳、固表止汗等功效。适合于久病体虚、气血不足、营养不良的人群食用。

［枸杞子菠菜松花蛋］

枸杞子菠菜松花蛋

【材料】枸杞子 30 克，菠菜 180 克，皮蛋 1 个，生粉少许，盐、姜片、蒜蓉适量。

【做法】枸杞子洗净备用，皮蛋用热水洗净，切块状。生粉用水调开，做成勾芡粉水备用。热锅加油，入姜片和蒜蓉炒香；放入菠菜小炒一下；加入皮蛋和枸杞子拌炒均匀；焖 2 分钟，此时锅中会出少许水，加入少许勾芡粉水，盐调味即可。

本药膳具有养阴明目、补血润燥、清热生津的功效。适合有眼干、眼涩、眼疲劳、皮肤干燥、便秘等症状的人群食用。菠菜绿如翡翠，皮蛋黑似黑珍珠，枸杞子颗颗饱满如红宝石，故名翡翠珍珠红宝石，而且勾芡后的菠菜和皮蛋口感香滑，味美可口。

木部

淡竹叶

味淡兼甜，治病第一

菜部

薤　白

铃阁宴盘留薤白

凫乙天遥水驿长，笠车贪贰会稽章。
风从射的迎仙舸，水是山阴作禊堂。
铃阁宴盘留薤白，书林官笔爆雌黄。
庾郎于此情非浅，应许诸人共据床。
——宋·宋祁《寄会稽天休学士》

这首诗表达了诗人与会稽天休学士的深厚友谊。诗人写道：我们之间相隔天高水长都难以看清其间的景象，怕是车马也会找不到去会稽的道路。回忆上次见面的场景，那次是天公作美，我乘船去的会稽，在山阴有举行修禊之事的礼堂。往事历历在目，在铃阁的宴会上盘中还留着薤白，宴会后和大家一起舞文弄墨。想来你也是对此念念不忘的，所以许诺了大家再来一次这样的精神的碰撞与交流。诗中可见薤白在当时是餐盘中的常见佐料。

薤白，别名小根蒜、山蒜，自古就被作为药食兼用之品，《本草纲目》中记载：“薤，生则气辛，熟则甘美。种之不蠹，食之有益。故学道人资之，老人宜之。”是说生薤白气味辛辣，跟大蒜的味道差不多，烤熟或者煮熟之后味道就变得甘美了。种植薤白的时候是不会生虫子的，吃了它很有好处。古代那些修道之人和老人都喜欢吃，有一定的滋补强身作用。《本草经集注》也说“薤性温补，仙方及服食家皆须之”。药王孙思邈则强调“薤白，心病宜食之”，这里所说的“心病”，类似于今天的冠心病、心绞痛之类的心血管病，适当吃一些薤白，有一定的调养作用。中医学认为，薤白具有通阳散结、行气导滞的功效，常用于胸痹心痛、脘腹痞满胀痛、泄泻等病症。薤白的吃法比较多，可以生吃，也可以熟食，如泡酒、煮粥、蒸饼、做菜等，还可以焯水后凉拌。

薤白煎鸡蛋

【材料】薤白 120 克，鸡蛋 3 枚，盐、油各适量。

【做法】先将薤白洗净，切细末，备用；鸡蛋磕入碗内，放入盐，用筷子或打蛋器抽打起泡。把平底锅烧热，倒入油，油热后倒入鸡蛋液，撒上薤白细末，在火上煎 5 分钟左右，将一面煎成焦黄即成。

本药膳具有辛香开胃、宽胸除痹的功效。适合食欲不振、胸闷、手足发凉、冠心病的人群食用。

[薤白爆明虾]

薤白爆明虾

【材料】薤白 60 克，明虾 300 克，炙巴戟天 6 克，油、盐、黄酒、生姜、红辣椒油各适量。

【做法】将薤白去皮洗净，生姜洗净切片，备用；炙巴戟天稍泡，上锅蒸 15 分钟备用；把明虾的虾枪去掉，用盐、黄酒腌好备用。锅中倒入油，烧至七成热，将明虾倒入，爆至皮脆出锅；锅内留底油，放入蒸好的巴戟天、薤白爆香，再倒入虾一起翻炒，加盐、黄酒炒香，最后根据口味放入适量红辣椒油，翻炒出锅即可。

本药膳具有补肾壮阳、通阳散结的功效。适合胸闷、腰膝冷痛、阳痿早泄、年老体衰的人群食用。

芫荽

一院桃花丛中住

无阻风光好。叹年来、
闭门弄翰，怕凉憎燠。
一院桃花丛中住，输与湖边酒媪。
且分付、鱼羹邱嫂。
江上鲜鳞才离水，调姜醯、更下胡荽芼。
邀酒侣，载茹缟。
——清·曾廉《贺新郎·醉倚湖心亭题壁》

这首词是词人喝醉酒之后在湖心亭所题写，以细致的笔触描写了一盆鲜嫩美味的鱼汤，撒一把芫荽，香味溢出，令人垂涎欲滴。站在湖心亭中，放眼望去没有遮拦，风景无限好。感叹自己一年来闭门写作，辛苦自知。院中的桃花丛生，其美丽却输给了湖边卖酒的女子。江中的鱼才捕捉上来，且吩咐着邱嫂制作鱼汤，调制姜、醋等佐料，再加上野生的胡荽，邀上饮酒的知己，品尝这软嫩的鱼片汤，令人沉醉。

芫荽别名胡荽、香菜。相传是西汉张骞出使西域时带回的芫荽，因其天生就具有令人陶醉的香气，便迅速在中华大地上播撒开来。芫荽的香气妖娆而霸道，人在毫无戒备的情况下一鼻子撞进去，马上被这种香气缠绕，需要拼命挣扎着才能出来，从此世界上便分成了两种人：喜欢和厌恶芫荽气味的人。撇开这香气不说，芫荽可以作为中药来使用，它性温，味辛，具有发汗透疹、消食下气、醒脾和中之功效。春季阳气初生，宜食辛甘发散之品，故而芫荽还是人们春天里可以多食用的一味香辛蔬菜，它可以加入汤、饮之中，或者做凉拌菜佐料，或给汤料、面类提味用。宋代《东轩笔录》记载王安石脸上有黑斑，有人劝他用芫荽洗脸，可以去除。《本草纲目》便记载有一方："面上黑子，芫荽煎汤，日日洗之。"说明芫荽还有很好的美容祛斑作用。

芫荽炒牛肉

【材料】芫荽 150 克，牛肉 300 克，红柿子椒、葱、姜、蒜、淀粉、鸡蛋、盐、鸡精、醋、胡椒粉、料酒、香油各适量。

【做法】芫荽洗净，沥干，切断备用。牛肉洗净，切成丝加入料酒、盐、蛋清、干淀粉拌匀，放入油锅中滑熟，捞出。在葱、姜、蒜中加入料酒、胡椒粉、醋、鸡精、盐、水调成佐料汁；原锅中放入芫荽、红柿子椒、牛肉翻炒，倒入佐料汁急火爆炒，淋香油出锅即可。

本药膳具有补中益气、健脾养胃、消食开胃的功效。适合体质虚弱、气短乏力、食欲不振、病后调养的人群食用。

[芫荽炒牛肉／雨朵·南京]

芫荽凉拌菜

【材料】芫荽 300 克，盐、醋、蒜、姜、香油、干红椒各适量。

【做法】芫荽先用自来水冲净泥沙，去根去黄叶，再用凉开水清洗 2 遍，捞出沥干水分。将芫荽切成寸段，根部切细一些；将蒜、姜剁成末，干红椒切成圈。把芫荽段放进盆里，加入盐、姜、蒜、香油、醋、干红椒，拌匀，静置入味，即可食用。

本药膳具有醒脾开胃、和中理气的功效。适合食欲不振、脾胃不和、易于感冒的人群食用。

小茴香

蝴蝶纷纷逐花老

邻家争插红紫归，诗人独行嗅芳草。
丛边幽蠹更不凡，蝴蝶纷纷逐花老。
——宋·黄庭坚《和柳子玉官舍十首之茴香》

这首诗借物咏志，表达了诗人不同于俗世的志向。邻居家争先恐后地插着大红大紫的花朵，诗人独自行走着，撷一株芬芳可嗅的茴香苗。芳草边的诗人越发不平凡，而蝴蝶在大红大紫的花朵边追逐着，渐渐老去。诗人借着大红大紫的花朵指代权贵，芳草即小茴香苗，比喻文人更加高远的志向，幽蠹指的是腹中有诗书的自己。全诗表达了诗人不亲附权贵，不追逐名利，保留着文人不凡志向的情操。同时，可见小茴香在诗人心中的高尚地位与别样情怀。

小茴香是我国百姓厨房中常见的香料，因为它能除去肉类的腥味，增加肉食的香气，所以得名“茴香”。中医学认为，小茴香具有温肾暖肝、行气止痛、和胃止呕的功效，对肾虚、寒湿、气滞引起的疝气腹痛、子宫虚寒、腰背冷痛、肚腹胀满、大便溏稀、胃寒呕吐、食欲不振、胃脘胀痛有较好的疗效。小茴香为药食同源之品，其新鲜的茎叶，俗称茴香苗，也具有一种特殊香气，常作为蔬菜食用，北方常用它做饺子馅或者炒食。

现代研究表明，小茴香的特殊香气来自其挥发油，具有促进胃液及胆汁分泌、增加胃肠蠕动、松弛平滑肌、缓解痉挛、促进肝组织再生、减轻疼痛的作用。

茴香粉煎鸭胸

【材料】鸭胸肉 240 克，小茴香籽 9 克，盐、黑胡椒粉各适量。

【做法】将小茴香籽磨成细粉备用。将鸭胸两面稍微划开，并均匀地洒上小茴香粉、盐、黑胡椒粉。取平底锅，干锅不加油，鸭皮向下，中火慢慢煎至表面金黄，翻面继续煎，一边煎一边用小汤匙把鸭油淋在鸭皮上。煎至鸭肉熟透后起锅，滤油装盘即可。

本药膳具有暖胃行气、补肾润燥的功效。适合胃脘冷痛、肝气不舒、肾虚腰痛、皮肤干燥等人群食用。

茴香苗炒肉丝

【材料】茴香苗 240 克，五花肉 150 克，植物油、姜、米酒、盐、白胡椒粉各适量。

【做法】茴香苗洗净晾干，去除根部，切中段，备用；姜洗净，切丝。五花肉洗净，切细丝，用米酒稍腌。热锅，放入油，以中小火炒姜丝，再放入肉丝，转中火炒至肉丝颜色变白，最后放入茴香苗及少量水，盖上锅盖焖煮至茴香柔软适口，加入调味料拌炒几下即可装盘。

本药膳具有开胃消食、行气止痛的功效。适合食欲不振、脘腹冷痛、大便溏稀、胃寒恶心的人群食用。

八角茴香

沉水烟初飏

雷江，瘴乡，到日官梅放。
讼庭无事昼帘张，沉水烟初飏。
醒酒茴香、消食槟榔，缓平湖菱芡想。
琴堂、笛床，咏不了，蛮花样。
——清·龚翔麟《朝天子·其二》

雷江这个地方，是瘴疠之乡，到达此地之时已是隆冬，官府所种梅花绽放。衙门里没有诉讼的事情，但帘子依旧需要张开着，点燃的沉水香，青烟开始随风飞扬，欲夺门而去。几案上摆放着用来醒酒的八角茴香汤、帮助消食用的槟榔，今年还能否吃上湖里的菱角和芡实呢？想为琴室、笛子作一首诗，但却无法作出，自己真是个粗野不堪的人啊。此词曲写出了诗人身在官场，却向往着无拘无束饮酒作诗、逍遥自在的生活。

八角茴香是大家都很熟悉的一种佐料，还有八角、大料和大茴香等称呼。八角是我国的特产，颜色紫褐，呈八角，形状似星，有甜味和强烈的芳香气味，除作调味品外，还可作中药用，而且有很好的养生功效。《本草求真》中记载大茴香："功专入肝燥肾，凡一切沉寒痼冷而见霍乱、寒疝、阴肿、腰痛，及干、湿脚气，并肝经虚火，从左上冲头面者用之，服皆有效。"说明八角具有开胃消食、驱寒止痛等功效，对一些因为脾胃受寒导致的胃痛、腹痛、腹泻等症状有很好的调理作用。

现代研究表明，八角茴香的主要成分是茴香油，它能刺激胃肠神经血管，促进消化液分泌，增加胃肠蠕动，有助于缓解痉挛、减轻疼痛。八角茴香还有抑菌和升高白细胞的作用，对化疗和放疗病人的白细胞减少有一定帮助。

八角凉拌菜

【材料】八角茴香 6 克，芹菜 180 克，腐竹 60 克，食盐、味精、米醋、香油各适量。

【做法】先将八角研磨成粉备用；芹菜、腐竹分别洗净，切成段；再把芹菜放入沸水中焯一下，装盘，加入腐竹、八角粉、食盐、味精、米醋、香油，搅拌均匀即可。

本药膳具有开胃消食、润肠通便的功效。适合有胃纳不佳、便秘、高血压、高血脂等的人群食用。

八角麻酥鸡

【材料】母鸡 1 只，八角茴香 9 克，芝麻 30 克，鸡蛋 60 克，小麦面粉 30 克，花生油 120 克，盐、大葱、料酒、姜、味精、酱油各适量。

【做法】先将八角茴香、芝麻研磨成粉备用；鸡蛋打碎，与小麦面粉调成鸡蛋面糊备用。将母鸡剖洗干净，用细盐搓过，装入一大盘内；将八角茴香粉、生姜末、葱、料酒、酱油抹于鸡身，上笼蒸八成熟；去掉已用过的姜丝等，将鸡压成饼状，周身涂满鸡蛋面糊，在肉面上撒芝麻，轻按固定。花生油下锅，旺火烧至八成热，将鸡慢慢送入油锅内，改用文火，将鸡炸成金黄时捞出即成。

本药膳具有健脾暖胃、开胃消食、润肠通便的功效。适合脾胃虚弱、食欲不振、便秘、皮肤干燥的人群食用。

马齿苋

日高羹马齿

酒量愁翻减，诗声老转低。
日高羹马齿，霜冷驾鸡栖。
已判功名迮，宁论簿领迷。
赖无权入手，软弱实如泥。
——宋·陆游《遣兴》

这首诗抒发了诗人老来无权，对现实想要改变却无能为力的无可奈何之情。诗人因愁绪满腔，加上年老体衰，酒量大不如从前，连吟诗的声音都变得有气无力。在太阳高挂的时候，只能够食用马齿苋这野菜做的汤羹，在这寒冷的霜秋时节，乘坐着小车漫无目的地赶路。已经是功名未成了，只怪官场太黑暗，奈何自己无权无势，软弱得如同烂泥。想来诗人在驾车赶路的旅途中，只有马齿苋这种野菜可以用来充饥，真是萧索凄凉。撇开诗人的怅然情怀，马齿苋作为食物食用，在宋代就已普遍寻常。

马齿苋，又名长寿菜、马踏菜，我国大部分地区均有分布，夏秋采收，入食、入药，鲜、陈均可。中医学认为，马齿苋味酸，性寒，有清热解毒、消肿利湿之功，适用于湿热或热毒所致的痢疾、痈肿和淋证等。马齿苋性寒滑利，长于解血分及大肠热毒，为中医临床治疗痢疾的常用品。唐代孟诜《食疗本草》中云："用马齿苋煮粥，可以治疗诸气不调，止痢及疳疾。"马齿苋可以做蔬菜，可以煮粥。法国人也有用马齿苋做蔬菜沙拉食用的，称其为"长寿菜"。

药理研究表明，马齿苋有抗菌作用，对痢疾杆菌有抑制作用，对伤寒杆菌、大肠杆菌及金黄色葡萄球菌也有一定的抑制作用，这与中医用马齿苋治痢不谋而合，因而其有"痢疾克星"之称。另外，马齿苋还有降压、降脂、保护心血管的作用。夏季常食马齿苋，既可预防痢疾泄泻，又可降糖降脂，可谓一举多得。

凉拌马齿苋

【材料】干马齿苋 150 克，蒜泥 15 克，盐、酱油、味精、麻油各适量。

【做法】取干马齿苋，择除杂质和老根部分，用水浸泡一夜，上笼蒸透，切成小段，置于盆内，撒上精盐，加入蒜、酱油、味精、麻油，反复拌匀，待稍入味即可。

本药膳具有清热利湿、涩肠止泻的功效。适合时有大肠湿热泄泻的人群食用。

［凉拌马齿苋］

马齿苋炒鸡蛋

【材料】鲜马齿苋 120 克，鸡蛋 3 个，精盐、黄酒、植物油、酱油、味精各适量。

【做法】将马齿苋择去杂物，用温水泡 10 分钟，清水洗净，切成段。鸡蛋打散，加入马齿苋调匀，放入精盐、黄酒、酱油、味精，调味。炒锅上火，放油烧热，将马齿苋蛋液倒入锅内炒熟，装盘即成。

本药膳具有清热解毒、益气补虚的功效。适合脾胃虚弱、夏秋季节易患泄泻的人群食用。这是浙江地区民众的一道传统名菜，此菜色黄透绿，口感嫩脆，咸鲜味美。

蒲公英

几品青香又滑腻

嫩焯黄花菜，酸虀白鼓丁。
浮蔷马齿苋，江荠雁肠英。
燕子不来香且嫩，芽儿拳小脆还青。
烂煮马蓝头，白熝狗脚迹。
猫耳朵，野落荜，灰条熟烂能中吃；
剪刀股，牛塘利，倒灌窝螺操帚荠。
碎米荠，莴菜荠，几品青香又滑腻。
——明·吴承恩《西游记·第八十六回》

这是在《西游记》第八十六回，取经师徒消灭隐雾山折岳连环洞老怪后，得救的樵夫排出叶菜筵席来招待唐僧师徒，其中就有蒲公英的身影。其中，白鼓丁就是蒲公英，开头提到酸虀白鼓丁，估计是把蒲公英切碎后，用醋蘸食吧。马齿苋、马蓝头（马兰头）、枸杞头（枸杞的嫩芽）等，这些都是当时的常见野菜，在明代王磐的《野菜谱》里都有记载。此文写出了中国人对吃食重视的不仅仅是味道，还有蕴含其中的文化之美。

蒲公英，还被称为白鼓丁、凫公英、鹁鸪英、金簪草，其中最文雅的一个别名就是这“金簪草”，因为它的黄花如金簪头一般。蒲公英是药食俱佳的天然绿色野蔬，味道鲜美，营养丰富。入食鲜用，入药则鲜、干均可。中医学认为，蒲公英具有清热解毒、消肿散结、除湿利尿的功效，还有保肝、护肝的功效。《本草纲目》记载：“蒲公英主妇人乳痈肿，水煮汁饮及敷之立消。解食毒，散滞气，化热毒，消恶肿、结核、疔肿。”因此，临床多用于疮肿、瘰疬、目赤、便血、乳腺炎、胃炎、感冒等病症，尤其善治各类痈疡、红肿之症。

现代药理学研究证明，蒲公英具有很好的抗菌作用，对金黄色葡萄球菌、溶血性链球菌、肺炎双球菌、变形杆菌、痢疾杆菌等有一定的抑制作用，有着“天然抗生素”的美誉。

蒲公英拌蛋丝

【材料】鲜蒲公英300克，鸡蛋3个，油、生抽、陈醋、白芝麻、芝麻油、绵白糖各适量。

【做法】将蒲公英洗净，用开水焯过，捞出沥干水分，备用。鸡蛋磕破，蛋黄与蛋清分开，分别打散。锅中倒入少许油，倒入蛋清煎成蛋清饼，蛋黄用同样的方法煎成蛋黄饼。将蛋黄和蛋清饼卷起切成条状，蒲公英和鸡蛋条一起倒入盆中，倒入少许生抽、陈醋、芝麻油，撒上少许盐、白芝麻、绵白糖，搅拌均匀即可。

本药膳具有消食开胃、清热解毒的功效。适合食欲不振、胃脘灼热、反酸、容易上火、乳腺炎、痔疮便血的人群食用。

蒲公英炒肉片

【材料】五花肉300克，干蒲公英90克，姜、蒜、盐、鸡精、酱油各适量。

【做法】五花肉洗净，切片；干蒲公英洗净，温水泡开，切段；姜切丝，蒜切碎，备用。热锅，倒入油，五成热时，下姜丝和蒜爆香，放入肉片，一起翻炒至肥肉出油，瘦肉缩小变色，倒入少许酱油炒匀，加入蒲公英一起翻炒1分钟左右。放入盐、鸡精少许炒匀，出锅装盘即可。

本药膳具有清热利尿、滋阴润燥的功效。适合小便赤涩、便秘、皮肤干燥的人群食用。

鱼腥草

却寻野蕺新矜夸

采蕺采蕺蕺渐绿，蕺山昨夜雨沾足。
越女提篮入市中，论价不止金与玉。
开时花似荞麦花，亦能蔓生走长蛇。
龙肝凤髓久无味，却寻野蕺新矜夸。
声名在世多相忌，最厌薰莸同一器。
我歌采蕺非虚辞，采蕺歌中有深意。

——宋·张侃《采蕺歌》

这首诗首先描写了越地女子在蕺山采蕺，而后在集市上售卖的情景。越地大约在今天的扬州，蕺菜指的就是鱼腥草。诗人写道，蕺山昨夜下过雨，清晨上山采蕺菜的女子因此沾湿了鞋子。女子将采摘来的新鲜蕺菜带上集市售卖，可以卖个好价钱。蕺菜的花像荞麦的花，也能像藤蔓一样长成长长的蛇形。人们山珍海味吃得多了，反不如吃吃这野味。赞美蕺菜是薰（香草），而不是莸（臭草），告诫人们勿因其野生而轻视之。诗人借赞蕺菜而明志，不愿同流合污、随波逐流。

鱼腥草，古名"蕺菜"，俗名"臭灵丹"，为三白草科多年生草本植物蕺菜的根及全草，是一味常用的清热解毒的中草药，可以消痈排脓、利尿通淋。鱼腥草在全国各地有不同吃法，有加佐料凉拌生吃的，也可连同茎叶煮汤，此外煎炒或腌渍亦佳。食之有种特殊的气味，浓郁扑鼻。初食者可能会认为鱼腥之气太重，一时难以适应，然而久食之后，必可习惯，慢慢地更能体味出其独特的味道，唇齿留香，难以忘怀。

研究发现，其药理作用主要表现为抗菌、抗病毒、降压，还有镇痛、止血、促进组织再生、增强免疫系统功能和抗肿瘤等作用。

鱼腥草蒸母鸡

【材料】嫩母鸡 1 只，鱼腥草 240 克，胡椒粉、葱段、姜片等少许。

【做法】将鸡宰杀，去毛及内脏，洗净，放入沸水锅内焯一下，捞出，洗净血污。将鱼腥草去杂，洗净，切段。取汤盆 1 只，放入全鸡、盐、姜、葱、胡椒粉和适量清水，上笼蒸至鸡熟透，再加入鱼腥草、味精，略蒸即可出笼。

本药膳具有清热解毒、补中益气的功效。适合有虚劳、瘦弱、水肿等病症的人群食用。

鱼腥草烧猪肺

【材料】猪肺 240 克，鲜鱼腥草 120 克，料酒、酱油、白糖、葱段、姜片、猪油各适量。

【做法】将猪肺切块，多次洗去血水；鱼腥草去杂，洗净，切段；锅内加猪油烧热，放入猪肺煸炒至干，烹入料酒、酱油煸炒几下，加入葱、姜、精盐和适量水，烧至猪肺熟，加入白糖、料酒烧至猪肺熟透，投入鱼腥草烧至入味，加入味精即可出锅。

本药膳具有清热解毒、滋阴润肺的功效。适合肺炎病后、肺虚咳嗽、肺痿等病症患者的辅助食疗。

山　药

雪香酥腻老来便

种玉能延命，居山易学仙。
青青一亩自锄烟，
雾孕云蒸，肌骨更凝坚。
熟渠蜂房蜜，清添石鼎泉。
雪香酥腻老来便，
煨芋炉深，却笑祖师禅。
——宋·张镃《南歌子·山药》

这首词描写了一幅意境悠远的田园生活画面，我们可以想见，千年前，一老翁隐居在山脚下的小木屋里，每天亲耕于山下田垄，享受着"雾孕云蒸"。每日啖蜂蜜，饮清泉。一豆灯光，安静地映照着一本打开的诗卷。炉火渐熄，将山药放入余烬中慢煨。梦中醒来，窗外的雪花仍然在万籁俱寂的夜空悠悠飘落，房间的炉火仍然有星星点点的火星，一股煨山药的香味缭绕。这山药汲取了大地的精华，得到了云雾阳光的造化，隐隐似有仙气，它无论用鼎煮或炉煨，食之香甜酥软，使人益寿延年。老翁过着赛神仙般的日子，认为这样的生活才是参悟禅机的法门。

山药作为一种食材出现在大众餐桌上的历史很久了。在漫长的岁月中，中国老百姓运用智慧，采用不同的烹调手段，成功地将山药的养生作用发挥到了最大。山药的种类不少，比较有名的有铁棍山药和水山药（又名菜山药，含水量在86%，脆而略有甜味）两种。山药在两千年前的中药典籍《神农本草经》中被列为"上品"，称其"味甘温，主伤中，补虚羸，除寒热邪气，补中，益气力，长肌肉，久服耳目聪明，轻身，不饥，延年"。

自古以来，山药一直被视为物美价廉的补品。虽然貌不惊人，但营养丰富，除含有多种维生素和矿物质外，还含有淀粉酶、多酚氧化酶等多种有益健康的成分。对于肺虚咳嗽者、脾胃虚弱者、瘦身减肥的人、心脑血管病患者等人群来说，常吃山药的益处更多。

品药鉴膳

山药炒蛋

【材料】鲜山药 240 克，鸡蛋 3 只，盐适量。

【做法】山药去皮洗净，切片；鸡蛋磕破，打匀。将锅内油加热后，放入生姜丝，煸至香气大出，下山药片，炒至软，将山药拨向一边，将鸡蛋倒入另一边，待结成块，再与山药一并炒匀，放入盐再炒拌几下，即可食用。

本药膳具有健脾开胃、增加食欲的功效。山药嫩白细腻，口感软糯香甜，搭配炒至金黄色的鸡蛋，味美可口，适合脾胃虚弱、消化不良的人群食用。

［山药炒蛋／平安·陕西］

山药焖肉

【材料】山药 60 克，香附 9 克，瘦猪肉 120 克，盐适量。

【做法】将香附布包与山药、瘦猪肉共入砂锅，加水焖熟，去药包，放入盐调味后即可食用。

本药膳具有疏肝解郁、健脾止痛的功效。适合有肝郁脾虚腹泻、胁痛、月经不调等症状的人群食用。

百　合

赤龙雷爪摆朱旗

收合千戏不上枝，绿茎丹萼称施为。
灯笼翠干从高揭，火伞流苏直下垂。
文豹翻身腾彩仗，赤龙雷爪摆朱旗。
莫疑衰老多夸语，渍蜜蒸根润上池。

——宋·舒岳祥《百合》

这首诗描写了百合动人的身姿，翠绿的花茎、丹红的花瓣，堪比花中的西施。似开未开时犹如灯笼高挂，绽放之时像一把火红的伞，它的花蕊又如纷纷下垂的流苏。这是用温婉的视角看百合，而在诗人眼中，豪迈的情怀也可与百合相结合。百合的花纹好似林中豹子身上的花纹，它卷翘的花瓣像赤色神龙伸出的爪子，又像战场上远处飘动的滚滚红旗。诗人说，千万不要怀疑我因为衰老了而对百合多有夸赞的言辞，实在是因为百合不仅花儿貌美，而且百合根蜜渍之后食用可以生津，让口中的津液都变得甘甜。

百合，因其花型美，自古便是国人的大爱，而且其根茎又能够做菜，好看且好吃，其名称还有“百年好合”寓意。中医学认为，百合味甘、性微寒，入肺、心经，具有养阴润肺、清心安神的功效，是老幼咸宜的药食佳品，还是临床上滋阴润肺的要药。李时珍在《本草纲目》中言其可“利大小便，补中益气”。秋季燥邪为患，肺阴不足，而百合甘寒质润，有润肺之功，对秋燥引起的咳嗽、气喘有一定的帮助。

百合除含有蛋白质、淀粉，及钙、磷、铁、B 族维生素、维生素 C 等营养素外，还含有一些特殊的成分，如秋水仙碱等多种生物碱。

百合马蹄肉

【材料】鲜百合240克，马蹄9枚，猪肉末120克，姜蓉、糖、盐、生抽、蚝油、麻油适量。

【做法】鲜百合切开，洗净沥干；马蹄去皮剁碎。猪肉末加入腌料，腌15分钟。烧热锅，下油1汤匙，炒熟碎猪肉，放入鲜百合、马蹄及姜蓉，炒匀，最后加调味料，炒至汁干即成。

本药膳具有止咳补肺、消痰化积的功效。适合有干咳少痰、咽干嘶哑、阴虚胃热、阴虚心神不宁、夜寐不安等症状的人群食用。鲜百合味淡，加少许姜及碎肉，增加鲜味，不寒又不燥。

[百合马蹄肉/陈伟·西安]

百合炒西芹

【材料】鲜百合60克，西芹240克，味精、姜、花生油、香油、葱、绍酒、生粉适量。

【做法】将鲜百合掰成瓣状，西芹去叶，洗净，切3厘米长的段。然后将炒锅置大火上烧热，加入花生油，烧至六成热时，下入姜、葱爆香。随即下入西芹、百合、绍酒、精盐、味精，烧熟，湿生粉勾芡，淋入香油，即可食用。

本药膳具有润肺平肝、通便减肥的功效。适合有高血压、高血脂、体型肥胖、便秘的人群食用。

灵　芝

烂辉光兮发云霞

孕三秀兮毓灵芽。　承月精兮映日华。
烂辉光兮发云霞。　服紫茎兮咽胡麻。
乘赤霄兮上无涯。

——明·胡应麟《灵芝歌》

这是一首赞美灵芝的诗歌。天地孕育着的灵芝草(灵芝一年开花三次,故又称三秀)啊,稚苗嫩草遍地而起,接受着日月精华的洗礼,在那远离尘世的地方熠熠生辉,多么想寻一支紫芝和黑芝麻一起服食,让我脱去这肉骨凡胎,成就神仙之道,可以任我到那高远而无边无际的天空中翱翔。

提到灵芝,便会不由得想到神话传说里的仙草,它有“起死人,肉白骨”的神效,无论多重的病,哪怕是已经死了,吃了它便起死回生;凡人吃了它不仅能够长生不老,还能够飞升仙界做神仙。当然,这些都只是传说,是人们的美好向往罢了。灵芝通称灵芝草,古称瑞草、长寿草,被视为“祥瑞”“吉祥如意”的象征。《神农本草经》认为灵芝“久食,轻身不老,延年神仙”,《本草纲目》中记载灵芝“益心气,活血,入心充血,助心充脉,安神,益肺气,补肝气,补中,增智慧,好颜色”。中医学认为,灵芝药性平和,不温不燥,不凉不腻,苦味中带着些许甘甜,可以补气养血、宁心安神、止咳平喘。凡身体虚弱,病后正气未复,或化疗、放疗后体力不支,或产后气血亏虚等,均可考虑用灵芝调补。

现代研究表明,灵芝在增强人体免疫力、调节血糖、控制血压、辅助肿瘤放化疗、保肝护肝、促进睡眠等方面有较好的作用。

灵芝酱鸭腿

【材料】灵芝 6 克，鸭腿 3 只，桂皮、草果、大葱、姜、油、黄酒、盐、冰糖、老抽各适量。

【做法】灵芝用温水浸泡 20 分钟。将鸭腿洗净后，晾干。锅中倒入油，待油八成热时，逐一将鸭腿放入，用中火炸至双面变色即可捞出备用。锅中留少许油，加热后放入葱、姜爆香，再放入鸭腿，倒入开水没过鸭腿。放入灵芝、桂皮、草果、调入黄酒和老抽，盖上盖子用中小火焖制 1 个小时。再调入盐、冰糖，搅拌均匀后，继续加热 5 分钟，待汤汁收干即可。

本药膳具有补气养血、宁心安神、健脾开胃的功效。适合体质虚弱、食欲不振、大便干燥、心烦失眠、咽干口渴的人群食用。

灵芝乌鸡煲

【材料】乌骨鸡 1 只，灵芝 18 克，枸杞子 30 克，姜、盐、大葱、黄酒、八角各适量。

【做法】灵芝用温水浸泡 20 分钟，枸杞子用清水洗净，泡 10 分钟，捞起备用。乌骨鸡宰杀，去毛及内脏，用热水氽烫 5 分钟后，捞出，将血水沥干。取砂锅放入乌骨鸡，倒水没过鸡，放入灵芝、枸杞子、姜、大葱、黄酒、八角，盖上锅盖，大火烧开，转小火焖煮约 1 小时即成。

本药膳具有健脾开胃、补养气血的功效。适合产后病后体虚、脾胃虚弱、气血不足、头晕眼花的人群食用。

菜部

山药

能补肺、补肾兼补脾胃

虫部

蜂　蜜

庭空花片蜂蜜成

日高斗帐朝慵卧，蝴蝶双飞绣帘过。
庭空花片蜂蜜成，槛落香泥燕巢破。
素罗便面题两行，烧药幧头蓦一个。
清明过却不成妆，梅子枝头豆来大。

——明·袁宗《次铁厓先生和阿春氏春愁诗韵》

诗中描写了友人春日的愁绪，以及慵懒的生活节奏。早晨日头已高挂，友人却依然在床上慵懒地躺着，一对蝴蝶双双从绣花的帘前飞过。院子里百花开放，花瓣散落，随风飞舞；看着蜜蜂成群，忙忙碌碌，想来蜂蜜已经酿成。院前的门槛上散落着块块香泥，知是瓦下的燕子归来，做窝时不慎将泥土掉落下来，也懒得去打扫。不知怎得，突然坐起，不假思索地在白色纱罗的扇面上题了两行字，随手把煎药用的帕子扎在头上。打开屋门，之前春雨纷纷的清明时节已经过去，院子里还没有打扫，只见豆儿大的梅子挂在枝头，随风颤悠悠。

蜂蜜，古代又称做“蜜蜡”“石蜜”“崖蜜”。唐代苏恭认为“此蜜既蜂作，宜去石字”，此称沿用至今。相传，楚霸王项羽率军与刘邦大战于九里山前，在人困马乏、饥渴难耐时，山上牧童用一只羊角盛满野蜂蜜，敬献给楚霸王项羽及妃子虞姬饮用，项羽和虞姬饮后顿觉神清气爽，愉悦无比。《神农本草经》中将蜜蜡列为上品，并记载其“安五脏诸不足，益气补中，止痛解毒，除众病，和百药”，《名医别录》也记载蜂蜜可以“养脾气，除心烦，饮食不下”。除以上功效外，蜂蜜还可润肠通便、润肺止咳，对老年、体弱的肠燥便秘，肺燥干咳、久咳、咽干等有一定好处。除此以外，对于爱美的女性来说，蜂蜜也有着美容养颜的妙用。

蜜汁叉烧

【材料】猪前腿肉(七分瘦三分肥)600 克,蜂蜜 3 勺,料酒、盐、叉烧酱、生姜、蒜各适量。

【做法】猪前腿肉洗净,生姜切丝,蒜蓉剁碎,备用。将猪肉放入大碗中,加入料酒、蜂蜜、叉烧酱、生姜及蒜蓉,抓匀;盖上保鲜膜,放入冰箱冷藏腌制一个晚上。将腌制好的猪肉整块架在烤网上,放入预热好的烤箱,上下火 190~200℃,烤 35 分钟左右;中途取出翻面,刷烧烤汁 2~3 次,使其上色,最后剩余 5 分钟的时候取出刷蜂蜜;整块叉烧烤好之后,按照肉的纹路切成薄片即可。

本药膳具有补肾养血、滋阴润燥的功效。适合身体瘦弱、腰酸背痛、虚烦失眠、干咳少痰、大便干燥的人群食用。

蜜汁凤爪

【材料】鸡爪 600 克,蜂蜜 30 克,白醋、料酒、蒜末、生姜、盐、白砂糖、五香粉、油、生抽、老抽、蚝油、白胡椒粉、豆豉酱、麻油各适量。

[蜜汁凤爪]

【做法】鸡爪洗净,剪去鸡爪的指尖,生姜切片。鸡爪放入冷水锅中,加料酒、姜片煮开,撇去浮沫;煮约 2 分钟捞出,放入凉水中,冲去浮沫。捞出鸡爪,沥干水分。蜂蜜与白醋充分搅拌,均匀地刷在鸡爪上,一面刷好,翻面再刷好,晾干。起油锅,油温五六成热,放入鸡爪炸制。待鸡爪炸成金黄色时,捞出沥油,放入冰水中浸泡 3 小时。制作调味料,将姜、蒜、干辣椒、白砂糖、盐、五香粉、料酒、生抽、老抽、蚝油、白胡椒粉、豆豉酱、麻油混合搅匀即可。捞出鸡爪,放入蒸锅,蒸 15 分钟。料汁淋在鸡爪上,拌匀。再继续蒸 20 分钟,即成。

本药膳具有健脾开胃、滋阴润燥、美容养颜的功效。适合有食欲不振、皮肤干燥、色斑、干咳少痰等症状的人群食用。

虫部

蜂蜜

甘润可以泄泽养正

兽部

阿　胶

莹彻如球琳

北方有大井，深潜几万寻。
煎为东阿胶，莹彻如球琳。
持此一寸微，可救千丈浑。
世道一以浊，贪风方襄陵。
谁能汲此水，净涤四海心。
——宋·王柏《怀古呈通守郑定斋·其四》

本诗赞扬了制作阿胶的井水，清澈透明，没有污浊。这水从北方一口深井中汲取，井深几万寻（古代八尺为一寻，此处当为夸张的手法），用它煎煮的东阿阿胶，晶莹剔透如透明的美玉一般，哪怕是拿着很少量的这种井水，也可以荡涤那千丈深的浑浊之水。诗人慨叹这世道如此污浊，贪腐之风正席卷整个襄陵城，谁能够得到这清澈的井水，来将这世人已污浊的灵魂洗涤干净。诗人借井水抒怀，怀念清廉的官员，希望能够再现好官，整治贪腐，如同名医要用清澈的深井水熬制的阿胶治病一样。

阿胶是女人补养气血的“圣品”，是滋补美容的良药，在我国很多地区都有用阿胶滋补养生的传统。《本草纲目》中记载阿胶：“和血滋阴，除风润燥，化痰清肺，利小便，调大肠，圣药也。”说明阿胶具有滋阴润燥、养血补血、化痰通便等功效。宋代著名儒学大师朱熹曾写信劝其母说：“慈母年高，当以心平气和为上，少食勤餐，果蔬相伴，阿胶、丹参之物，时以佐之，延庚续寿，儿之祈焉。”这是中医养生文化与传统孝文化很好的结合。

现代研究表明，阿胶含有明胶原、骨胶原、蛋白质及钙、钾、钠、镁、锌等多种元素，所含蛋白质水解后能产生多种必需氨基酸，具有增强体质、改善睡眠、健脑益智、延缓衰老等作用。

阿胶肋排

【材料】阿胶 15 克，猪肋排 240 克，八角茴香 1 枚，糖、生姜、葱、料酒、老抽、盐各适量。

【做法】先将阿胶在袋中提前敲碎备用。排骨洗净后，凉水入锅，水开后焯水 5～10 分钟捞出，冲净血沫，备用。锅中倒入油，随即加入白糖，用小火慢慢把糖炒化，颜色变为棕红色，且开始出现泡沫时，马上把排骨倒入锅中炒匀；加入八角茴香、姜片、葱、料酒，补足清水，没过排骨；加入少量老抽，倒入阿胶；水开后转小火，炖制约 1 小时后，大火收汁即可关火出锅。

本药膳具有健脾补虚、养血美容的功效。适合脾胃虚弱、气血不足、皮肤干燥的爱美人群食用。

[阿胶肋排/磐安小药师·浙江]

阿胶凤爪

【材料】阿胶 15 克，鸡爪 240 克，鲜香菇 30 克，姜、盐各适量。

【做法】将鸡爪斩去趾甲，洗净，入沸水锅中焯一下，捞出洗净备用；阿胶用清水浸软后切块备用；香菇浸软洗净，姜去皮，切片备用；锅内注入适量清水，用大火烧开，放入鸡爪、阿胶、香菇、姜片；用中火炖煮约 2 小时至鸡爪熟透；待汤汁浓稠时下精盐调味即可。

本药膳具有补气养血、美容养颜、改善睡眠的功效。适合气血不足、皮肤干燥、面色萎黄、失眠健忘的人群食用。

阿胶井

阿井胶泉出圣药，妇人滋补数阿胶